D1722848

Aus der Taschenbuchreihe JERRY COTTON – Neuer Roman – sind nachstehende Romane erhältlich. Fragen Sie im Buch- oder Zeitschriftenhandel nach diesen Titeln:

Jerry Cotton

Das Verschwörer-Syndikat

Kriminalroman

BASTEI-LÜBBE-TASCHENBUCH
Jerry Cotton
Band 31 281

Unser Titelfoto zeigt den amerikanischen Schauspielstar
Charles Bronson in seinem neuen Thriller
»Ein Mann wie Dynamit«
Der auf unserem Titelbild dargestellte Schauspieler
steht in keinem Zusammenhang mit dem Titel und Inhalt
dieses Bastei-Romans.

I

Daß Henry Girona mich nach allen Regeln der Kunst ausgetrickst und in seine tödliche Falle gelockt hatte, erkannte ich erst, als es zu spät war. Mich überlief es siedendheiß, als der Berufskiller plötzlich hinter mir auftauchte und sanft wie zu einem Kind sagte: »Okay, Cotton, deine Kanone hat jetzt Schrottwert – laß sie fallen!«

Meine Hand öffnete sich. Der Revolver schepperte auf den Betonboden des Schuppens, in dem sich Kisten und Tonnen stapelten. Ganz langsam, um den bundesweit heißgesuchten Gangster nicht zu reizen, drehte ich mich um.

Gironas Mund war zu einem spöttischen Lächeln verzogen. Sein Gesicht wirkte so glatt wie das eines Kosmetikvertreters. Nur seine illusionslosen, eiskalten Augen zeigten mir, daß ich einen Menschen vor mir hatte, der mehr als ein Dutzend Auftragsmorde begangen hatte. Ein Mann, der nicht den Bruchteil einer Sekunde zögern würde, auch das Leben eines G-man mit einem gutgezielten Schuß zu beenden.

Der 45er lag so ruhig in seiner großen Hand, als wäre sie zwischen die stählernen Backen eines Schraubstocks eingeklemmt. Nur ein kleiner Tick mit dem Zeigefinger, und das Blei des Magnum-Geschosses würde meine Brust zerreißen.

Ich spürte es trocken in der Mundhöhle. Ich war zornig. Auf mich, weil ich für Sekunden unvorsichtig gewesen war, als ich diesen Lagerschuppen betreten hatte. Ich war sicher gewesen, Girona wäre geflohen. Ich hatte nicht damit gerechnet, daß er mich erwartete. Aber es sind immer die winzigen Fehler, die einen Mann das Leben kosten. Die großen kann man gewöhnlich vermeiden . . .

Ich hatte keine Zeit zum Philosophieren. Girona hob die schwere Waffe um einige Millimeter und sagte leiernd wie ein texanischer Fischversteigerer über den Lauf hinweg: »Wer hat dir den Tip gegeben, daß ich im Monrose Hotel abgestiegen bin? Ich will keine Sprüche, sondern die Wahrheit hören.«

Ich grinste ihn an. »Es war ein Zufall, daß ich dich aufgestöbert habe«, gab ich äußerlich kühl zurück. Innerlich dampfte ich unter Hochdruck, weil ich verzweifelt nach einem Ausweg suchte.

Der Killer schüttelte fast bedächtig den Kopf. Nachsichtig sagte er: »Du ersparst dir eine Menge Schmerz, G-man, wenn du auspackst. Wenn nicht . . . nun, man kann einen sauberen, raschen Tod haben, man kann aber auch seine letzte Stunde zum Alptraum werden lassen. Du kriegst ihn, wenn du mich auf den Arm nehmen willst.«

Ich zweifelte keine Sekunde daran. Dennoch war ich nicht bereit, ihm unseren Tipgeber zu nennen. Ich ahnte, was mit Burt Stalenger, dem Botschaftsrat der kleinen Inselrepublik, geschehen würde. Die Gangster würden ihn erschießen.

»Es war ein Zufall«, beharrte ich, während ich meine nähere Umgebung in Augenschein nahm. Links von mir wuchs ein hohes Regal gegen das rostende Blechdach des Schuppens. Darauf standen einige Kisten und Korbflaschen. Aber ich entdecke auch das staubbedeckte armlange Montiereisen, das mir unter Umständen als Waffe dienen konnte, falls Girona sich einen Augenblick lang ablenken ließ.

Der Killer dachte nicht daran. Er sprang wie eine Raubkatze vor und knallte mir den Lauf des Revolvers gegen das Schultergelenk. Eine furchtbare Schmerzwelle jagte durch meinen Arm. Ich biß mir auf die Lippen, um den Schmerz zu unterdrücken.

Girona war wieder an seinem alten und sicheren Platz, ehe ich auch nur eine Abwehrbewegung machen konnte. Er war nicht nur ein Berufskiller, sondern ein mit allen Salben geriebener Fachmann, soweit es Gewaltfragen anging. Über seine Vergangenheit waren wir recht gut informiert. Als junger Bursche hatte er sich freiwillig zu den Special Forces gemeldet und war nach endlosen Auslesetests zur Einzelkämpferausbildung nach Fort Brack gekommen.

Seine Leistungen waren in jeder Beziehung überdurchschnittlich gewesen. Schon nach einem Jahr war er außerplanmäßig zum Lieutenant aufgestiegen und mit seiner Einheit für Sonderaufgaben nach Vietnam geschickt worden. In seiner Militärakte gab es den Vermerk, daß er niemals Gefangene gemacht habe. Vielleicht hatte dies schließlich zu seiner unehrenhaften Entlassung aus der Army geführt.

Girona war keineswegs erschüttert gewesen. Ein Mann mit seinen kämpferischen Qualitäten fand sofort wieder Verwendung. Seine Spur führte nach Afrika, wo er in verschiedenen Ländern als Söldner »gearbeitet« hatte. Immer wieder stieß er auf Männer, denen er dienen konnte. Die letzten Meldungen waren aus Mittelamerika gekommen, wo er angeblich die Leibgarde eines durch einen blutigen Umsturz an die Macht gekommenen Obersts auf Vordermann gebracht hatte.

Wir waren auf ihn gestoßen, als vor vier Wochen ein Botschaftssekretär des kleinen Inselstaates erschossen wurde. Auf der am Tatort liegengebliebenen Mordwaffe fanden sich die Fingerabdrücke Gironas.

Henry Girona grinste breit, als er mein vergebliches Bemühen feststellte, den linken Arm zu heben. »Du liegst ganz falsch Cotton. Du glaubst, ich mache mir die Hose naß, nur weil du die Marke des FBI mit dir herumschleppst. Du irrst dich. Für mich bist du eine Laus, die ich zerquetschen kann, wenn ich Spaß daran habe. Ich will Namen, Cotton. Wenn nicht . . .«

Er brach ab. Mit der linken Hand zog er aus der Innentasche seiner Nappalederjacke ein flaches Kästchen, das er mir entgegenhielt. Als befänden wir uns beim gemütlichen Drink an der Bar eines Luxushotels, fuhr er ungerührt fort: »Wenn nicht, Cotton, binde ich dir diese kleine Überraschung auf den Bauch. Es handelt sich um eine mit hochbrisantem Sprengstoff gefüllte Zeitbombe, die dich dann, wenn ich längst in Sicherheit bin, in Fetzen reißen wird. Was willst du? Himmelfahrt in Scheiben oder die schnelle Kugel?«

Eins war sicher, ich sollte sterben. Der Schmerz in meiner Schulter ebbte ab. Aber dieses dumpfe Gefühl, das einem sein Ende anzeigt, blieb. Ich schluckte trocken und schüttelte den Kopf: »Ich habe keine Namen, Girona.«

»Aber du hast ein Leben, Cotton«, versuchte er es auf die weiche Tour. »Wenn du vernünftig bist und aus der Schule plauderst, könnte ich dir entgegenkommen und dich laufenlassen.«

»Ach ja?«

Er sah mich aus stahlharten Augen an und begriff wohl, daß ich ihm sein Angebot nicht glaubte. Er nickte. »Du bist eine harte Nuß, G-man. Muß man wohl auch sein, wenn man Special Agent bei deinem Verein ist und sich einen derartigen Ruf geschaffen hat. Ich nehme an, es ist sinnlos, weiter über die Preisgabe deines Informanten zu sprechen. Richtig?«

»Richtig«, sagte ich und schielte nach dem Montiereisen im Regal.

Girona folgte meinem Blick. Er lachte spöttisch auf. »Bilde dir keine Schwachheiten ein, Cotton! Ich bin in jedem Fall besser als du.«

Er nahm das Eisen – und mir die Hoffnung, gegen

diesen eiskalten Killer etwas ausrichten zu können. Er drehte mir halb den Rücken. Meine Muskeln spannten sich zum Sprung.

Girona warf sich herum. Seine Waffe stach auf mich zu. Er schüttelte den Kopf: »Ich sagte es bereits, Cotton, ich bin besser als du.«

Und dann kam der Schlag mit dem Montiereisen, der mich aus den Schuhen hob. Ich war sicher, mein Schädel flöge auseinander, als das Eisen gegen meinen Kopf schlug. Ich verlor den Halt, stürzte und fiel gegen einen Kistenstapel, der dröhnend zusammenbrach. Dann landete ich auf dem kalten Beton des Schuppens. In meinem Hirn gingen die Scheinwerfer aus. Das letzte, was ich hörte, war das höhnische Auflachen des Killers. Sekunden später spürte ich kalten Stahl an meinen Armen. Danach kam nichts mehr, bis ich wie in einer grauen Wolke treibend wieder zu mir kam.

Über mir kniete Girona. Sein gebräuntes Gesicht zeichnete sich wie gemeißelt gegen das spärliche Licht aus den Lukenfenstern der Halle ab. Zwischen den Zähnen hielt er einen Draht. In seinen Händen befand sich das kleine Kästchen, das er mir vor einiger Zeit gezeigt hatte. Ich war sicher, daß es kein Scherz gewesen war, als er angekündigt hatte, es sei eine hochbrisante Höllenmaschine. Ich wußte, dieser Mann bluffte nicht. Er war dabei, die letzten Vorbereitungen für meine Ermordung zu treffen.

Mit aller Gewalt schüttelte ich die Benommenheit ab, die mich gefangenhielt. Den stechenden Schmerz, der meinen Kopf zu zerreißen drohte, konnte ich nicht bewältigen. Ich stöhnte auf. Girona sah mich an. Seine Augen waren eiskalt. Für ihn gab es keine Skrupel. Er war das, was seine Vorgesetzten von ihm behauptet hatten: eine Killermaschine, nur darauf getrimmt, seine Gegner wirkungsvoll zu vernichten.

»Warum, Girona?« fragte ich. Meine Stimme klang wie Schmirgelpapier auf Blech.

Girona befestigte mit dem Draht die Zeitbombe an meinem Hosengürtel. »Weil ich es so will, Cotton«, sagte er, als spräche er über das Wetter. »Und weil du mir zu nahe gekommen bist«, fügte er hinzu, nachdem er den Draht zusammengedreht hatte.

»Glaubst du, mein Tod ändert etwas an der Tatsache, daß meine Kollegen dich jagen werden?«

»Ich glaube nicht. Im Gegenteil, deine Freunde werden richtig heiß auf mich werden – wenn sie je erfahren sollten, wer dich in die Luft geblasen hat. Aber darauf kommt es nicht an, Cotton.«

»Worauf denn?«

Girona wischte sich über die drahtdünnen Lippen. »Auf die Sicherheit, Cotton. Ich gestatte es keinem Schnüffler, mich in die Enge zu treiben. Ich brauche Zeit, begreifst du? Ich brauche Ruhe, weil es hier in New York noch einige Dinge für mich zu erledigen gibt, für die ich gut bezahlt werde. Du hast mich dabei gestört, und deshalb wirst du sterben. Das ist alles.«

Ein Handelsvertreter in Sachen Tod, schoß es mir durch den Kopf. Gleichzeitig beschäftigte mich die Frage, wie ich aus der tödlichen Falle herausfinden konnte. Ich hob den Kopf und sah an mir herab. Ich spürte es bitter in der Mundhöhle, als ich die dünnen Handschellen an meinen Armgelenken und den schwarzen Kasten auf meiner Bauchdecke sah. Die Beine hatte der Killer mir mit dünnem Draht gefesselt. Damit ich mich auf keinen Fall abrollen konnte, war ich ebenfalls mit Draht an das Regalgestell gebunden worden.

Girona hatte an alles gedacht. Seine Absicht war es, auch den Zufall auszuschalten.

Ich stöhnte innerlich auf.

»Ich gebe dir fünf Minuten, Cotton«, murmelte der

Killer, als er die Skala der Zeituhr auf dem flachen Kästchen einstellte. »Fünf Minuten sind eine lange Zeit, wenn man weiß, daß es einen zerreißen wird. Ich hoffe, du wirst sie genießen können.«

Der Zeitmechanismus rastete ein. Ein leises Ticken klang auf. Meine Bauchmuskeln spannten sich. Tief in meinem Innern war ein Schrei, den ich jedoch unter Aufbietung meiner ganzen Willenskraft unterdrückte. Girona sollte nicht triumphieren. Nicht über einen G-man, der sein Leben dem Kampf gegen das Verbrechen gewidmet hat.

»Wen wirst du töten, Girona?« fragte ich heiser.

Er richtete sich auf. In seinen Augen blitzte es. Er schien abzuschätzen, ob er irgendeinen Fehler gemacht hatte. Hatte er nicht. Etwas wie Stolz war auf seinem harten Gesicht abzulesen. Herablassend und seiner Sache sicher murmelte er: »Einen Zeugen, Cotton. Der einzige, der verhindern könnte, daß Juana Lopez hingerichtet wird. Du weißt, wer sie ist?«

Ich nickte. »Die Tochter des Präsidenten von . . .«

»Genau, Cotton, die wunderschöne Tochter des Präsidenten der Inselrepublik. Morgen früh um neun Uhr wird sie vor das Erschießungskommando gestellt. Und nichts in der Welt wird sie noch retten können. obwohl es eine Reihe von Leuten gibt, die genau wissen, daß das Beweismaterial, das zu ihrer Verurteilung geführt hat, geschickt gefälscht wurde.«

Trotz der Todesgefahr, in der ich schwebte, zuckte ich voller Entsetzen zusammen. Juana Lopez war vor vier Wochen in Honduras von einer Spezialeinheit der dortigen Drogenbehörde unter dem Verdacht, in Ausnutzung ihres diplomatischen Status einen Drogenring aufgebaut und geleitet zu haben, verhaftet worden. In ihrem Besitz wurden Heroin und eine Reihe von Dokumenten gefunden, die keinen Zweifel an ihrer Rolle ließen. Im Eilverfahren wurde unter dem

Druck der aufgebrachten Presse die Untersuchung abgeschlossen und die Gerichtsverhandlung angesetzt. Der Staatsanwalt setzte sich mit seiner Forderung nach dem Todesurteil durch. Die sofort eingelegte Revision wurde schon nach wenigen Tagen verworfen.

»Warum dieses Spiel, Girona? Welche Rolle spielt Juana Lopez in dieser Sache?«

Der Killer hob gelangweilt die Schultern. »Sie ist die Tochter des Präsidenten, Cotton. Wird sie als Drogenverbrecherin verurteilt, hat ihr Vater keine Chance mehr, die nächste Wahl zu gewinnen. Das ist alles.«

Er lachte auf. Er winkte mir spöttisch zu und deutete auf seine teure Armbanduhr. »Du hast noch viereinhalb Minuten, G-man. Ich wünsche dir eine gute Himmelfahrt.«

Er drehte sich ab. Die Absätze seiner Schuhe knallten auf den staubigen Betonboden. Mir drehte sich der Magen um. Vergebens zerrte ich mit aller Kraft an meinen Fesseln. Sie gaben um keinen Millimeter nach.

Girona tauchte hinter einem Kistenstapel unter. Sekunden später schlug das Tor zu. Ich war allein in der riesigen Halle. Allein mit der Gewißheit, in 4 Minuten und 22 Sekunden sterben zu müssen. Und mit dem Wissen, daß nur 16 Stunden später Juana Lopez, die Tochter des Präsidenten der von den Vereinigten Staaten beschützten Inselrepublik, erschossen werden würde.

Unschuldig!

Ich versuchte mich aufzurichten. Aber auch das ging nicht. Henry Girona hatte bewiesen, daß er wirklich ein Fachmann war . . .

Juana Lopez umklammerte mit beiden Händen die feuchtkalten Gitterstäbe und blickte aus tränennassen

Augen hinaus in den kahlen Hof, über dem die Hitze flimmerte. Drüben auf der anderen Seite, abgeschirmt von einem am Morgen errichteten Bretterzaun, befand sich der Ort, an dem sie in knapp 16 Stunden hingerichtet werden würde.

Sie hatte mit ansehen müssen, wie der verantwortliche Offizier die Holzwand aufstellen ließ, an der sie sterben würde. Der Offizier, ein untersetzter Mann von 50 Jahren mit einem fast väterlich wirkenden Gesicht, hatte hin und wieder zu der Zelle hinübergeblickt, in der er die Todeskandidatin wußte. Einmal glaubte Juana, so etwas wie Bedauern in seinen tiefbraunen Augen zu sehen. Aber es war wohl ein Irrtum, gestand sie sich ein, als sie in wachsender Verzweiflung die Augen schloß und ein Stoßgebet zum Himmel schickte.

Der schlanke Mann hinter ihr stöhnte unterdrückt auf. »Wir haben alles versucht, Miß Lopez. Ihr Vater hat sogar den Präsidenten der Vereinigten Staaten eingeschaltet. Aber auch er hat es bisher nicht vermocht, Gnade für Sie zu erwirken.«

Juana drehte sich um. Ihr langes blauschwarzes Haar flog zurück. »Ich bin unschuldig, Raúl! Es kommt nicht darauf an, Gnade zu bekommen, sondern . . .« Sie brach ab, schüttelte den Kopf und ballte die Hände.

»Ich weiß«, sagte der Sekretär ihres Vaters. »Wir sind sicher, daß das Urteil falsch ist. Auf der anderen Seite scheint es aber so zu sein, daß die hiesigen Behörden von Ihrer Schuld überzeugt sind. Man teilte uns mit, die Beweise seien gründlich geprüft worden. Zweifel gäbe es nicht. Man ist nicht bereit, das Urteil zu revidieren, weil . . . weil die neue Regierung um keinen Preis den Eindruck erwecken will, nicht hart genug gegen das Drogenunwesen vorzugehen.«

Juana winkte verzweifelt ab. Sie hatte die Argumente der Behörden oft genug gehört und war sogar fähig, sie zu verstehen. Das Rauschgiftproblem hatte überhand genommen. Ein wirksamer Kampf dagegen war nur möglich, wenn man hart durchgriff. Aber darum ging es nicht. Es ging darum, daß sie einem Justizirrtum zum Opfer gefallen war. Möglicherweise einer von langer Hand eingefädelten Verschwörung.

Sie hatte diese Vermutung ausgesprochen, aber beim Staatsanwalt und vor Gericht nur spöttisches Gelächter geerntet. Der Anklagevertreter höhnte boshaft, ihm sei klar, daß angesichts der zu erwartenden Strafe von der Verteidigung alles versucht werde, den Kopf der jungen Frau zu retten. »Aber«, rief er schneidend in den Saal, »dies wird Ihnen nicht gelingen! Hier vor mir auf dem Tisch liegen unzerbrechliche Beweise für die Rolle, die Sie, Juana Lopez, gespielt haben! Unter dem Deckmantel einer ehrenwerten Politikertochter haben sie unser Land mit einem Netz von Drogenhändlern überzogen, an dem unser Volk zugrunde geht! Das Schlupfloch, aus dem sie uns entwischen wollen, ist verstopft! Nein, Sie kommen uns nicht davon. Sie werden Ihrer gerechten Strafe zugeführt!«

Tod durch Erschießen!

Noch 16 Stunden Leben!

Juana ging auf und ab. Alles in ihr drängte nach dem Leben. Sie war jung, knapp 22 Jahre alt! Sie hatte niemals etwas mit dem Rauschgifthandel zu tun gehabt, sie war unschuldig! Aber sie würde sterben, weil . . .

Sie hob den Kopf. »Warum das alles, Raúl? Wer hat ein Interesse daran, mich in diese fürchterliche Rolle zu drängen? Habt ihr das einmal nachgeprüft?«

»Wir haben alles versucht«, gab Raúl Delgado leise zurück. »Ihr Vater hat Himmel und Hölle in Bewegung gesetzt, um Sie wieder freizubekommen. Er hat, als das Urteil ausgesprochen war, darauf gedrängt, daß eine zweite Untersuchung vorgenommen wird. Vergebens, Juana. Was jetzt noch bleibt, ist der Präsident dieses Landes. Er hat sich noch nicht dazu geäußert, ob er von seinem Begnadigungsrecht Gebrauch machen will.«

»Wie stehen die Chancen?«

Raúl Delgado hab die schmalen Schultern. »Wollen Sie die Wahrheit, Juana?«

»Die Wahrheit!« sagte sie hart und nüchtern.

»Nun, dann muß ich Ihnen sagen, daß es nicht gut aussieht. Das Telefongespräch, das Ihr Vater mit dem Präsidenten geführt hat, ist ergebnislos verlaufen.«

»Wieso? Begreift denn dieser Mann nicht, daß es nicht um meine Freilassung, sondern lediglich um einen Zeitaufschub geht?«

»Doch, doch. Da liegt auch nicht das Problem. Schlimm ist lediglich, daß El Presidente sich bereits vor Tagen in der Presse für die Vollstreckung des Todesurteils ausgesprochen hat. Unserer Einschätzung nach kann er aus politischen Gründen nicht mehr zurück. Man würde ihm seitens seiner Feinde vorwerfen, wankelmütig und amerikahörig zu sein. Er fürchtet, damit könnte seine Autorität untergraben werden.«

»Es geht um mein Leben!«

»Natürlich, Juana. Wir haben auch nichts unversucht gelassen, es zu retten. Ihr Vater hat sich erneut mit Washington in Verbindung gesetzt und erreicht, daß der amerikanische Präsident seine Möglichkeiten ausschöpft.«

»Was bedeutet das konkret?«

Raúl Delgado lehnte sich gegen die Wand. Er warf einen kurzen Blick in den düsteren Gang des Gefängnisses, in dem zwei mit Gewehren bewaffnete Wächter auf und ab marschieren. »Das bedeutet«, sagte er so leise, daß Juana Mühe hatte, seine Worte zu verste-

15

hen, »daß wir die letzte Möglichkeit in Anspruch genommen haben.«

»Konkret, Raúl! Habe ich Aussichten, einen Aufschub zu bekommen?«

Delgado schüttelte den Kopf. »Wenn ich ehrlich sein soll, muß ich nein sagen, Juana. Es ist leider so, daß auch die Vereinigten Staaten nicht die Macht haben, den Präsidenten umzustimmen. Wie gesagt, er hat innenpolitische Rücksichten zu nehmen und wird nicht anders können, als jedes Gesuch abzulehnen.«

Juana starrte den Mann in ihrer Zelle an. »Das bedeutet meinen Tod, Raúl!«

Delgado schwieg.

»Man wird mich wie einen Verbrecher erschießen, Raúl!«

Delgado verschränkte die Arme vor der Brust. Er wußte nur zu genau, daß selbst Juanas Vater schon alle Hoffnung aufgegeben hatte, weil die Dinge einfach zu übel lagen. Er kannte die Tatsachen, die gegen die junge Frau sprachen und rechnete mit ihrer sicheren Hinrichtung. Aber er sah, wie das Mädchen litt. Er wollte ihr nicht alle Hoffnung nehmen. Deshalb sagte er weich: »Wir haben noch 16 Stunden, Juana. Seien Sie sicher, daß wir sie nicht ungenutzt verstreichen lassen! Wir werden alles tun, was in unserer Macht steht, um wenigstens einen Aufschub zu erreichen . . .«

Juana lachte bitter auf. Sie wußte nur zu gut, wie gering die Macht war, die ihrem Vater zur Verfügung stand. Es würde ein langes Hin und Her geben, am Ende aber keine Rettung. Der Tod wartete auf sie. Und es gab keinen Ausweg!

»Habt ihr versucht, die Herkunft des Beweismaterials herauszufinden?« fragte sie gehetzt.

»Selbstverständlich.«

»Mit welchem Ergebnis?«

Delgado seufzte auf. »Es ist hieb- und stichfest. Es tut mir leid, Ihnen das sagen zu müssen.«

Juana hob den Kopf. »Nein!« rief sie Delgado entgegen. »Es ist falsch! Es kann nicht hieb- und stichfest sein, weil ich die Verbrechen, die mir zur Last gelegt wurden, nicht begangen habe! Begreift das doch endlich! Oder«, fuhr sie leiser fort, »ist auch Vater überzeugt, daß ich diese fürchterlichen Dinge begangen habe? Ich will die Wahrheit, Raúl!«

Der schlanke Mann wand sich vor Unbehagen.

»Die Wahrheit!« forderte Juana wieder.

Delgado seufzte: »Wahr ist, daß gewichtige Zweifel an Ihrer Unschuld bestehen. Auch bei Ihrem Vater, Juana . . .

Das Mädchen zuckte zusammen. »Ich verstehe«, sagte sie plötzlich ruhig und gefaßt. »Man glaubt also, eine Verbrecherin begnadigen zu müssen?«

Delgado gab keine Antwort. Über den Gang kamen die Laute schwerer Militärstiefel. Sekunden später erschien ein Corporal und bestimmte, daß die Besuchsstunde beendet sei.

Delgado reichte der Todeskandidatin die Hand. »Ich werde morgen früh hier sein, Juana. Wie ich hörte, wird auch Padre Gonsalvez noch heute eintreffen . . .«

Juana zuckte zusammen. Wenn man den Geistlichen bereits zu ihr schickte, dann gab es keine Hoffnung mehr für sie. Tränen schossen ihr in die Augen. Sie nickte stumm. »Ich verstehe«, sagte sie schluchzend.

»Noch haben wir Hoffnung . . .«

»Nein, ich weiß es besser«, sagte sie hart. »Es gibt keine Hoffnung mehr. Es gäbe sie, wenn es irgendeinem Menschen gelänge, die Unhaltbarkeit der Beweismittel zu bestätigen, nur . . . nein, das ist wohl nicht mehr zu erwarten.«

Sie schloß die Augen. Ihre schmalen, schlanken Hände schlossen sich ineinander. Sie wandte sich ab und stieß halb erstickt hervor: »Grüßen Sie meinen Vater, Raúl! Sagen Sie ihm, daß er irrt, wenn er glaubt, daß ich diese Verbrechen begangen habe! Sagen Sie ihm, seine Tochter sei unschuldig gestorben! Sagen Sie es ihm, bitte!«

Der Wärter öffnete die Zelle und winkte Delgado hinaus. Juana warf sich auf die Pritsche und schlug die Hände vors Gesicht. Das Gittertor fiel scheppernd ins Schloß. Der stählerne Riegel schnappte zu.

Delgado nickte. Sein Gesicht war bleich. Laut sagte er: »Sie können sich darauf verlassen, Juana. Ich werde es Ihrem Vater übermitteln!«

Dann ging er.

Juana ballte die Hände. Sie hörte die Schritte der Männer, die der Wachen. Die Verzweiflung in ihr blähte sich wie ein Ballon auf und drohte sie zu ersticken.

Ihre Zukunft würde nur noch ganze 16 Stunden dauern . . .

II

Vier Minuten können im Angesicht des Todes eine Ewigkeit sein. Geht es aber darum, aus einer Falle zu entkommen, sind sie ein Nichts. Ich hatte noch den Klang des zuschlagenden Rolltors in den Ohren, als ich erneut versuchte, die dünnen Stahlfesseln, die meine Arme auf dem Rücken hielten, unter Aufbietung aller Kräfte zu sprengen.

Es gelang mir nicht. Das einzige Ergebnis war, daß sich die Fessel tief in die Haut einschnitt. Ich stöhnte auf. Ruhe! brüllte ich mir zu. Ich wollte nicht daran denken, daß auf meinem Bauch eine furchtbare Höllenmaschine tickte und mein Leben nur noch in Sekunden zu bemessen war.

Ich wurde ganz ruhig. Aber die grauen Zellen in meinem Hirn glühten, um eine Lösung zu finden. Ich hatte in der Vergangenheit schon häufig in scheinbar aussichtslosen Situationen gesteckt. Immer wieder war es mir gelungen, aus ihnen auszubrechen. In der Regel deshalb, weil ich meinen Kopf und nicht die Muskeln gebraucht hatte. Sollte das in diesem Fall nicht auch möglich sein?

Ich lauschte in die knisternde Stille der Halle. Zu hoffen, der Zufall werde einen Helfer schicken, war vergebens. Ich wußte nur zu genau, daß erst am anderen Morgen wieder Angestellte das Lager betreten würden. Einen Nachtwächter gab es nicht. Polizeistreifen fuhren erst ab Mitternacht in der Gegend herum.

Aber selbst wenn es jetzt schon eine gegeben hätte, wäre es aussichtslos gewesen, sich durch Schreien bemerkbar zu machen. Die Stimme trug mit Sicherheit

nicht so weit, daß man sie draußen auf der Straße gehört hätte.

Ich war ganz allein auf mich und meine Kräfte ange-
wiesen. Und auf die knapp vier Minuten, die mir bis
zur Explosion der Zeitbombe blieben.

Es war sinnlos, daran zu denken, daß es besser gewesen wäre, meinen Freund und Kollegen Phil mitzu-
nehmen, als es darum ging, den Auftragsmörder Enrique Girona dingfest zu machen. Phil war gegen Mittag nach New Jersey hinübergefahren, um vor Gericht
eine wichtige Aussage zu machen. Auf ihn zu hoffen,
hieß ein Wunder zu erwarten.

Ich lag auf der Seite. Meine Hände waren auf dem
Rücken mit einem dünnen Draht ans Regal gebunden,
der zu kurz war, als daß ich mich hätte umdrehen können. Mir war es nur möglich, beide Beine gleichzeitig
zu bewegen, obwohl der Killer auch sie zusammenge-
bunden hatte.

Mein Hauptziel war, die Zeitbombe von meinem
Körper zu lösen. Schaffte ich es, das tödliche Kästchen
zu entfernen, hatte ich eine Chance, die Explosion zu
überleben. Dann blieb mir genügend Zeit, mich zu befreien.

Die Frage war nur, wie ich das anstellen sollte.

Ich blickte mich um.

Umgestürzte Kisten versperrten mir die Sicht. Im
Staub des Bodens zeichneten sich unsere Fußab-
drücke ab. Ich entdeckte das Montiereisen gut einen
Meter über mir und fragte mich, ob es mir von Nutzen
sein konnte.

Die Sekunden vertickten in wahnsinniger Schnellig-
keit.

Ich schüttelte unwillkürlich den Kopf. Das Montiereisen war im Augenblick nicht zu gebrauchen, weil
ich die Hände nicht einsetzen konnte. Meine Blicke
glitten weiter. In einer Bodenwelle dicht neben mei-

nem Kopf entdeckte ich einen gekrümmten, rosten-
den Nagel.

Ich preßte die Lippen aufeinander. Die Handschellen, die Girona mir angelegt hatte, waren von einfa-
cher Machart, versehen mit einem simplen Schloß,
das mit einem Einbart-Schlüssel zu öffnen war. Oder
mit einem Nagel!

Zischend entließ ich den Atem. Ich verlor keine Sekunde, sondern rollte nach rechts, um meinen Kopf in
die Nähe des Eisenstifts zu bringen. Ich erkannte sofort, daß es unmöglich war, ihn mit dem Mund aufzu-
nehmen. Es fehlten gut zehn Zentimeter.

Ich schwang die Beine herum. Ich bog meinen Körper, bis ich glaubte, die Rückenmuskeln würden bre-
chen. Meine Schuhe pulverten den Staub des Bodens
auf. Der Versuch, den Nagel mit den Füßen zu erreichen, erzeugte Spannung auf dem Draht, der mich
ans Regal band. Der Stahl der Handschellen schnitt
tiefer in mein Fleisch. Schmerzen jagten durch meinen
Körper. Aber ich brauchte den Nagel! Und was bedeuten Schmerzen, wenn es um das Leben geht?

Nichts.

Der Absatz meines rechten Schuhs schrammte über
den Nagel. Ich stöhnte auf, als das rettende Stück Ma-
tall ein Stück zurücksprang. Schweiß lief mir in Strömen von der Stirn. Er machte mich halbblind, während der Staub sich darauf setzte und meine Schleimhäute reizte.

Ich versuchte es wieder. Diesmal schaffte ich es mit
dem linken Fuß. Vorsichtig ließ ich den Absatz hinter
dem Nagel niedergehen. Ich hielt den Atem an, als es
geschafft war. Ich zog das Bein an. Vorsichtig, als han-
tierte ich mit einer hochexplosiven Flüssigkeit, schob
ich den Nagel auf mich zu. Zentimeter um Zentimeter
glitt er heran – bis die Spannung in meinen Muskeln
zu groß wurde. Ich zuckte – und ich verlor.

Meine Beine schwangen zurück. Ich hätte schreien und sinnlos gegen die Fessel kämpfen können, doch mein Verstand sagte mir, daß ich höchstens noch drei Minuten hatte. Drei Minuten mußten ausreichen, um den Nagel in meine Hände zu bringen, mit ihm das Schloß der Handschellen zu öffnen und die Zeitbombe zu entfernen.

Eine mehr als knappe Zeitspanne!

Ich wiederholte die Anstrengung. Diesmal schaffte ich es. Der Nagel lag etwa zehn Zentimeter von meinem Kopf entfernt, als ich die Beine zurückgleiten ließ und den Kopf nach vorn drückte. Ich schnappte das kleine Metallstück mit den Lippen, schlug die Zähne hinein und richtete mich, so weit es ging, auf. Mein Kopf fuhr nach links auf das Regal zu. Ich visierte den Draht an, der meine Hände mit dem Gestell verband. Ich ließ den Nagel fallen.

Er landete neben dem Draht.

Mir blieben noch höchstens zweieinhalb Minuten!

Ich glitt in meine Ausgangslage zurück. Ohne zu sehen, wo sich der Nagel befand, tastete ich mit den gefesselten Händen danach. Ich bekam ihn mit Daumen und Zeigefinger der rechten Hand zu fassen.

Mein Körper war schweißgebadet. Der bittere Dunst stieg mir in die staubverklebte Nase. Ich schmeckte das Blut auf meinen Lippen. Aber ich war glücklich wie selten zuvor in meinem Leben.

Das Schlüsselloch befand sich zum Glück in Richtung des Handtellers. Ich faßte den Nagel so fest ich konnte und tastete ihn über die Schloßfläche. Es wäre vergebene Mühe gewesen, den Kopf zu drehen, um die Lage mit Blicken abzuschätzen. Mein Blickwinkel war einfach zu klein. Ich mußte mich auf die Sicherheit meiner Finger verlassen, obwohl die tiefen Schnittwunden an den Handgelenken die Hände fast gefühllos gemacht hatten.

Der Nagel schrammte über das verchromte Metall, während weitere kostbare Sekunden verstrichen und das Uhrwerk der Zeitbombe sich dem Punkt näherte, an dem es kein Zurück mehr gab. Wellen der Panik jagten in mir hoch, Todesangst, die ich jedoch mit eisernem Willen unter Kontrolle hielt. Mich konnte nur noch Beherrschung retten. Gab ich den jäh aus Furcht erwachten Instinkten nach, war ich verloren.

Die Nagelspitze fand Widerstand.

Ich hielt den Atem an.

Ich spürte, wie sich das Metall in das Schlüsselloch schob.

Ich hatte noch eine Minute. 60 lächerliche Sekunden, die über Leben und Tod entschieden!

Ein weiterer Schweißstrom jagte aus meinen Poren. Dennoch spürte ich Frost im Blut. Eiskalt jagte es mir über die Schultern. Jeden Augenblick war mit der Explosion der Bombe zu rechnen. Mir saß das Grauen im Nacken.

Der Nagel fand Widerstand.

Fieberhaft überlegte ich, in welche Richtung der Druck ausgeübt werden mußte. Links oder rechts herum?

Mein Atem ging pfeifend. Links, sagte ich mir, um mich im nächsten Augenblick zu korrigieren. Ich versuchte es nach rechts.

Ich hörte ein leises Klicken.

Ich hatte mich geirrt. Rechts befand sich das gefederte Verschlußplättchen, das dann, wenn man Druck ausübte, den Riegel des Schlosses aufschnappen ließ.

Der Nagel wechselte die Position. Ich preßte ihn in die andere Richtung. Ich spürte den leichten, nachgebenden Widerstand. Ich stieß einen Stoßseufzer aus. Ich wußte, daß mir nur noch Sekunden blieben. Vielleicht 20 vielleicht noch 30 . . .

Ich betete darum, mich diesmal nicht verrechnet zu

haben. Daumen und Zeigefinger waren schon gefühllos. Ich bot alle meine Kräfte auf, um mich ruhig zu halten. Ich verstärkte den Druck des Nagels. In einem fort hatte ich eine Uhr vor Augen, deren roter Sekundenzeiger auf die 12 zutickte. – Beängstigend nahe. . .

Der Verschlußhaken gab nach.

Wieder klickte es. Diesmal satter. Ich spürte, wie der Stahl an meinen Handgelenken jäh nachgab. Die Spangen lösten sich.

Ich riß meinen linken Arm nach vorn. Ich hätte vor Glück schreien mögen. Der Arm war frei!

Ich kümmere mich nicht um meine rechte Hand, die noch immer in der stählernen Klammer hing. Ich schwang herum, griff mit links nach dem Kästchen und zerrte an der Verdrahtung. Girona hatte sich keine große Mühe mit der Befestigung gegeben. Die Zeitbombe war lediglich mit einigen Windungen befestigt. Ich löste sie in fieberhafter Hast.

Das Kästchen war frei.

Ich schleuderte das Mordinstrument in die Halle hinein auf einen Stapel Kisten zu. Torkelnd jagte es durch die dämmerige Luft. Ich preßte mein Gesicht an den staubigen Boden. Keine Sekunde zu früh.

Mit einem Donnerschlag explodierte die höllische Apparatur. Grell, als wäre ein Blitz in den Lagerschuppen eingeschlagen, jagten Flammen wie ein auseinanderfliegender Ball in den Raum. Die Druckwelle erreichte mich, zerrte an meinen Kleidern, riß mich hoch und knallte mich gegen das Regal. Im gleichen Augenblick fegte der Hitzeatem des Sprengstoffs über mich hinweg. Der Stoff meines Anzugs wurde versengt, die Haut, meine Haare. Splitter jagten mir um die Ohren. Aber ich lachte.

Ich schrie meine Freude hinaus, denn ich wußte, daß ich leben würde!

Der mächtige Explosionsschlag verebbte. Die folgende Stille erschien mir wie eine Offenbarung. Es regnete Trümmer. Prasselnd schlugen sie auf die Erde. Als ich den Kopf hob und mich orientierte, befand ich mich in einer riesigen Staubwolke.

Mein Atem ging pfeifend. In der Brust regte sich Hustenreiz. Erst jetzt spürte ich den Schmerz, der meinen ganzen Körper einhüllte, als wäre ich in einen Anzug aus Stacheldraht gesteckt worden. Aber was bedeutete das alles, gemessen daran, daß ich dem sicheren Tod entronnen war?

In aller Eile befreite ich mich von den Fußfesseln, löste die Handschelle vom Arm und suchte meine Waffe. Ich hatte sie in der Halfter, als das Schiebetor aufgezogen wurde und zwei City Cops mit angelegten Waffen in das Lager stürmten.

Sie entdeckten mich. Ihre Revolver flogen hoch.

Ich schüttelte den Kopf. »Ihr kommt ein bißchen zu spät, um zu helfen«, krächzte ich. Dann sagte ich ihnen, wer ich bin.

Selbstverständlich glaubten sie mir erst, als sie meine Legitimation kontrolliert hatten. Sie wurden nett und meinten, ich hätte »verdammtes Schwein gehabt, Sir«.

Ich hatte höchste Eile. Mein Jaguar befand sich zwei Straßen weiter. Ich benutzte das Funktelefon eines Einsatzwagens der City Police, um unser District Office anzurufen. Phil war inzwischen wieder zurück. Als er meinen Bericht gehört hatte, blieb es lange in der Leitung still. Als er alles verdaut hatte, sagte er grimmig: »Hast du eine Ahnung, wen Girona mit dem Zeugen gemeint haben könnte, den er beseitigen will?«

»Nicht die Spur, Phil«, gab ich zurück. »Es hat auch keinen Sinn, darüber zu rätseln. Ich habe keine Hoffnung, die Spur des Killers aufnehmen zu können.«

»Und wenn man es vom Hotel aus versucht? Ist es nicht wahrscheinlich, daß er dorthin zurückgekehrt ist, um seine Sachen zu holen?«

Ich runzelte die Stirn. Mein Schädel dröhnte noch immer so, als tobten darin einige hundert wildgewordener Wespen. Ich versuchte mich zu erinnern, ob Henry Girona bereits bezahlt und sein Gepäck aus der Schlafburg gebracht hatte.

Er hatte seinen Wagen benutzt, war kreuz und quer durch das Viertel gefahren, um dann scheinbar zielsicher das Lager aufzusuchen, das mir zur Falle geworden war.

Ich war sicher, daß der Killer seine Rechnung im Hotel beglichen hatte. Nein, über diese Adresse war wohl nichts zu machen. Ich sagte es Phil, fügte aber hinzu: »Möglich, daß meine Annahme falsch ist. Du kannst das von Zeery oder Steve herausfinden lassen. Was ich habe, ist die Wagennummer. Es handelt sich um einen Mietwagen von National Car.«

Phil notierte sich die Nummer. Aber er sprach aus, was auch ich dachte: »Girona konnte nur deshalb so lange sein mörderisches Handwerk ausüben, Jerry, weil er übervorsichtig ist. Wahrscheinlich hat er längst den Wagen gewechselt.«

»Damit ist zu rechnen«, gab ich zurück. »Lasse es dennoch prüfen!«

Phil versprach es. Ich hörte, wie er die Nebenleitung benutzte und seine Anweisungen weitergab. In meinem Hirn rumorte es. Das Dröhnen war fürchterlich. Es behinderte den Denkprozeß. Dennoch schälte sich langsam eine Vermutung heraus.

Girona hatte klar zu erkennen gegeben, daß es um Juana Lopez ging. Er wollte verhindern, daß Beweise auftauchten, die die junge Frau in letzter Minute vor dem Tod retten konnten. Es ging um einen Zeugen. War es unter diesen Voraussetzungen nicht logisch, daß dieser Zeuge eine Verbindung zu Juana Lopez gehabt haben mußte! Über ihren Vater, den Präsidenten der kleinen Inselrepublik?

»Ich habe da einen Gedanken, Phil«, sagte ich rauh. »Aber ich weiß nicht, ob er Hand und Fuß hat.«

»Spuck ihn aus!«

»Es muß zwischen dem Zeugen und Juana Lopez eine Verbindung geben. Wenn es aber so ist, wenn zudem Girona nach New York kam, um seinen Auftrag zu erfüllen, könnte es sich um einen Mann aus der diplomatischen Vertretung der Inselrepublik handeln.«

Phil räusperte sich. Er schien den Gedanken abzuschmecken. Ohne auf seine Antwort zu warten, fuhr ich fort: »Vor etwa vier Wochen wurde Botschaftssekretär Orlando ermordet, Phil. Wir kennen die Motive nicht. Aber wir sollten in Erfahrung bringen, durch wen er ersetzt wurde. Vielleicht ergibt das eine Spur.«

»Ich werde mich darum kümmern«, sagte Phil.

»Da wird ein Telefongespräch mit Stalenger reichen. Du weißt, er gab mir den Tip, daß Girona im Land ist. Sprich mit ihm, schwing dich dann in einen Wagen und fahre zur Botschaft! Ich bin schon so gut wie auf dem Weg dorthin.«

Wir beendeten das Gespräch. Ich stieg aus dem Patrol Car und zündete mir eine Zigarette an. Inzwischen waren Experten der City Police eingetroffen, um den Ursachen der Explosion nachzugehen. Ich gab eine knappe Erklärung, um keine Zeit zu verlieren, und ließ mich von einem Wagen zu meinem Jaguar zu bringen.

Meine Gedanken waren bei Juana Lopez, dem jungen Mädchen, das unschuldig in den Tod gehen sollte. Wir hatten noch 15 Stunden, um das zu verhindern.

Ich startete den Motor und schob den ersten Gang ein. Sekunden später setzte ich das Rotlicht in Gang und fegte damit die Straßen frei. Ich ahnte, daß wir keine Sekunde zu verlieren hatten.

Düstere Wolken trieben am Himmel, aus denen ein Platzregen herabrauschte. Henry Girona zerdrückte die halbgerauchte Zigarette im Aschenbecher seines Wagens und starrte durch die Windschutzscheibe auf die Ampel, die jeden Augenblick auf Grün umspringen mußte.

Er wirkte gelassen wie ein Mann, der einen erfolgreichen Arbeitstag in irgendeinem New Yorker Büro hinter sich gebracht hatte und nun heim zu seiner Familie fuhr, um den Rest des Tages mit ihr zu verbringen. An G-man Jerry Cotton, der – da war er sicher – seit einiger Zeit von der hochexplosiven Sprengpakkung zerrissen war, verschwendete er keinen Gedanken. Von diesem Mann drohte sicherlich keine Gefahr mehr. Er war als Feind und Zeuge ausgeschaltet.

Der Kampf im Lager war nichts weiter als ein unangenehmes Zwischenspiel gewesen, dem keine weitere Bedeutung zuzumessen war.

Die Ampel sprang auf Grün um. Girona fuhr an, schaltete das Blinklicht ein und fuhr nach rechts in die East 49th Street. Der Regen wurde noch heftiger. Die Wischer hatten Mühe, die Flut von der Windschutzscheibe zu waschen. Aus den Lautsprechern des Stereoradios dröhnte die Musik einer Punk Band. Girona legte den Daumen auf die Austaste und brachte das Gerät damit zum Schweigen.

Irgendwie, dachte er, hast du einen Fehler begangen. Irgendwo gibt es einen Punkt, der Cotton auf deine Spur geführt hat. War Verrat im Spiel? Er runzelte die Stirn. Nur eine Handvoll Männer wußten, daß er nach New York gereist war. Befand sich unter ihnen die undichte Stelle? Oder war dem G-man einfach der Zufall zur Hilfe gekommen?

Girona verschwendete keine unnütze Energie an die Frage. Er nahm sich vor, später, wenn er seinen Mordauftrag erledigt hatte, in aller Ruhe darüber nachzudenken, wo es den Fehler gegeben haben konnte. Jetzt mußte er sich auf die Sache konzentrieren, die wichtig war: die einzige Schwachstelle in dem großen Spiel ausschalten, die es noch gab.

Manuel Izquierda, 43 Jahre alt, 1,74 Meter groß, schwarze Haare, braune Augen, Schuhgröße 41 – und der Mann, der notfalls beweisen konnte, daß Juana Lopez mit gefälschten Unterlagen in eine tödliche Falle gelockt worden war.

Girona entdeckte eine Tankstelle. Er ließ den Wagen unter das muschelförmige Schutzdach rollen und stieg vor dem Kassenraum aus. Er betrat das verglaste Gehäuse und steuerte die Telefonkabine an. Sorgfältig schloß er die Tür hinter sich, warf einen Nickel in den Schlitz und wählte eine New Yorker Nummer.

»Was gibt's?« klang es mit Baßstimme aus dem Hörer.

»Ich möchte Manuel sprechen«, sagte Girona.

»Welchen Manuel?« kam die vereinbarte Antwort.

Girona nannte das Codewort: »Manuel Tecuman.«

In der Leitung wurde es einen Augenblick still. Dann kam ein Schnaufen und kurz danach die tiefe Stimme: »Manuel Tecuman ist leider nicht hier. Du kannst ihn an seinem Arbeitsplatz finden.«

»Okay«, gab Girona zurück und legte auf. Um seine dünnen Lippen spielte ein Lächeln. Die Männer im Hintergrund hatten gut gearbeitet. In der verschlüsselten Mitteilung, die sich für jeden Außenstehenden belanglos anhören mußte, steckte die wichtige Nachricht, daß sein Opfer Manuel Izquierda sich in den Räumen der Botschaft in der East 50th Street aufhielt.

Girona verließ die Telefonzelle und wenig später den Kassenraum. Im Wagen überlegte er seinen Plan.

Er hatte den ersten Mietwagen stehenlassen und sich bei einer kleinen Firma einen neuen besorgt. Spuren konnte es in dem anderen Wagen mit Sicherheit nicht geben. Er hatte immer dünne Lederhandschuhe getragen. Zurückgelassen hatte er auch nichts. Sein Gepäck befand sich in dem Fluchtwagen, der in einer Garage in der East 46th Street stand. Ebenso Geld und eine tschechische Scorpion-Maschinenpistole, deren überlanges 48-Schuß-Magazin gefüllt war. Der Guatemala-Paß steckte ebenso wie die Tickets für den Flug unter der Fußmatte. Für den Rückzug nach dem Mord war gesorgt.

Girona fuhr an. Er nutzte eine Lücke im stark fließenden Abendverkehr und rollte weiter. Er war sicher, nichts vergessen zu haben. Im Handschuhfach lag die zweite Garnitur seiner Papiere. Eine hervorragend gefälschte Doublette einer ID-Card, die auf den Namen Henry Jackson ausgestellt war. Der Führerschein hielt ebenso jeder Prüfung stand.

Selbst wenn Girona in eine Kontrolle geriet und seine Unterlagen geprüft wurden, brauchte er nichts zu befürchten. Er wußte genau, daß Henry Jackson existierte und sich im Augenblick auf Reisen befand. Ein Telex der New Yorker Polizei an den Sheriff von Corpus Christi würde bestätigt werden. Gefährlich konnte es nur dann werden, wenn Fingerabdrücke genommen wurden. Kam es aber dazu, gab es sowieso nur eins: Um sich schießen und seine Haut bis zur letzten Kugel verteidigen!

Als Girona auf der linken Seite das mächtige Gebäude des Waldorf Astoria Hotels erkannte, bog er nach rechts ab. Die Reifen schmatzten auf dem Asphalt. Girona kniff die Augen zusammen. Angestrengt starrte er durch die Windschutzscheibe und suchte nach dem charakteristischen Jahrhundertwendebau auf der linken Seite, in dem sich die Botschaft und Manuel Izquierda befanden.

Er fuhr langsamer, als er in Höhe des Gebäudes war. Gemächlich rollte er weiter, bog in die Third Avenue und stellte den Wagen in eine frei werdene Parkbucht.

Er drehte den Schlüssel. Der Motor erstarb.

5.56 Uhr, stellte der Killer fest und zündete sich eine Zigarette an.

Tief sog er den Rauch in die Lungen und stieß ihn aus, während seine Blicke über die Reihe der vor ihm parkenden Fahrzeuge huschte.

Izquierdas roten Toyota mit der New Jersey-Nummer entdeckte er vier Buchten vor sich.

Girona lehnte sich zurück. Er wußte, daß sein Opfer um genau sechs Uhr das Botschaftsgebäude verlassen würde. Der Mann brauchte, wenn er die volle Schaltzeit der Fußgängerampel abzuwarten hatte, höchstens drei Minuten, um seinen Wagen zu erreichen. Weitere zehn Sekunden vergingen wohl, bis er die Tür aufgeschlossen hatte. Noch einmal zehn, um den Motor zu starten.

In dieser Phase würde Izquierda so sehr auf das Anlassen des Wagens konzentriert sein, daß er für nichts weiter Augen hätte.

Diese Zeitspanne wollte Girona nutzen, um zuzuschlagen.

Er griff unter den Fahrersitz und zog eine in braunes Papier eingehüllte Waffe heraus. Sorgfältig schraubte er den mit grünem Stoff umwickelten Schalldämpfer auf den Lauf, lud durch und schob das schwere Stück unter die Jacke.

5.58 Uhr.

Girona stellte den Rückspiegel so, daß er den Bürgersteig rechts von sich im Blick hatte. Er lehnte sich zurück. Noch fünf Minuten, Mr. Izquierda, dachte er, und du wirst eine Reise antreten, von der es keine Wiederkehr mehr gibt...

Phil wartete im Hauseingang des Botschaftsgebäudes auf mich. Erleichtert atmete er auf, als ich geduckt durch den Regen auf ihn zu lief. Er legte mir einen Arm um die Schulter und knurrte: »Kaum läßt man dich einen Augenblick allein, schon kommt es hageldicht. Du siehst nicht gut aus, alter Junge.«

Das traf zu. Mein Anzug war arg in Mitleidenschaft gezogen. Mein Gesicht zeigte Risse und blaue Flekken. Der Körper war von unzähligen kleinen Wunden überzogen. Aber ich winkte ab. »Ich werd's überleben«, sagte ich rauh und fragte, was er herausgefunden habe.

Phil deutete nach oben, wo sich im 4. Geschoß die diplomatische Vertretung befand. »Ich habe mit Burt Stalenger, dem Konsul, telefoniert. Nach seinen Informationen ist der ermordete Orlando durch Manuel Izquierda ersetzt worden, einen unscheinbaren Diplomaten, der seit 14 Jahren zuverlässige Arbeit leistet.«

»Wo war er vorher tätig?«

»Die Laufbahn begann er in Mexiko. 1978 wurde er nach Washington versetzt, wo er bis vor einem Jahr die Wirtschaftsabteilung leitete. Aus Gründen, die Stalenger nicht kennt, übernahm er die Vertretung in Honduras.«

Phil stieß die Tür auf. Auf dem Weg zum Fahrstuhl sagte ich: »Honduras also? Mit anderen Worten, er hat mit Juana Lopez, der Präsidententochter, zusammengearbeitet?«

»Er hat sie sozusagen eingewiesen, als sie letztes Jahr den Posten dort übernahm.«

Wir glitten nach oben. Ich betrachtete nachdenklich die Leuchtanzeige über Phils Kopf. Gab es einen Zusammenhang zwischen der Verurteilung des Mädchens und Izquierda?

»Wer war der Chef in Honduras, Phil?«

»Zunächst Manuel Izquierda. Aber dann übernahm Miß Lopez die Vertretung.«

»Hast du Stalenger gefragt, wieso das so gelaufen ist?«

»Natürlich. Aber er wußte keine Antwort.«

»Warum wurde Izquierda nach New York versetzt? Hier hat er doch mit Sicherheit einen weniger bedeutenden Job zu erfüllen? Gibt es da Anhaltspunkte?«

Die stählernen Schiebetüren des Aufzugs glitten mit einem leisen Schmatzen zurück. Wir befanden uns in einem großen Vorraum, der von einem riesigen Schreibtisch beherrscht wurde, hinter dem eine füllige Dame von etwa 40 Jahren thronte. Durch funkelnde Brillengläser musterte sie uns.

Phils Stimme war ein Flüstern, als er sagte: »Es war Izquierdas Wunsch, hierher versetzt zu werden, Jerry. Gründe kannte Stalenger nicht.«

Die Schreibtischdame zog die Brauen zusammen, als sie meinen Aufzug sah. Erschreckt fragte sie: »Was wünschen Sie, bitte?«

Wir wiesen unsere Marken vor. Sie starrte mich an und konnte wohl nicht begreifen, daß der FBI Leute wie mich auf die Menschheit losließ.

»Mr. Stalenger erwartet uns«, sagte Phil.

Madame drückte eine Taste an ihrem Sprechgerät. Spanisch teilte sie ihrem Chef unsere Ankunft mit. Knapp kam die Antwort über den Lautsprecher, uns sofort vorzulassen. Eine halbe Minute später befanden wir uns im Büro des Konsuls, eines 60 jährigen, weißhaarigen Mannes, der uns freundlich die Hände schüttelte.

»Es geht um Manuel Izquierda«, sagte ich gerade-
heraus.

Er nickte. Phil hatte ihn weitgehend informiert. Stalenger schlug mit der flachen Hand auf eine dünne
Akte und sagte mit angenehm weicher Stimme: »Das
ist die Personalakte meines Mitarbeiters. Ich fürchte
aber, Ihnen nicht mehr sagen zu können als am Telefon, meine Herren.«

»Ist Izquierda noch im Hause?« fragte ich und
blickte auf die Standuhr, die zwischen den beiden
Fenstern rechts aufgestellt war.

Es war 5.59 Uhr.

Statt einer Antwort setzte sich Stalenger mit seiner
Vorzimmerdame in Verbindung.

»Er steht vor dem Aufzug«, kam knapp die Antwort.

Stalenger sah mich fragend an. »Wünschen Sie ihn
zu sprechen, Mr. Cotton?«

Ich schwieg, spürte die Blicke meines Freundes und
Kollegen Phil, dachte daran, daß Izquierda dann,
wenn er tatsächlich seine Hände im Spiel um Juana
Lopez hatte, mit Sicherheit keine Fragen beantworten
würde – und schüttelte den Kopf. »Das bringt
nichts«, sagte ich in das gespannte Schweigen hinein.
»Ich halte es für besser, wenn wir uns an seine Fersen
heften. Kann sein, daß wir so weiterkommen.«

Phil stimmte mir zu. Stalenger erhob sich. »Es tut
mir leid, daß ich Ihnen nicht weiterhelfen kann. Nur
eine Frage noch, Gentlemen: Welchen Verdacht haben Sie gegen Manuel Izquierda?«

»Keinen konkreten«, wich ich aus. »Es kann aber
sein, daß gegen ihn ein Mordversuch unternommen
wird.«

Stalenger wurde blaß. »Was geht nur vor?« fragte er
erschreckt. »Zuerst Orlando, jetzt Izquierda! Hat das
etwas mit meinem Land zu tun?«

Die Zeit drängte und ließ keine großartigen Erklärungen zu. Darüber hinaus hatten wir keine. Wir wußten nicht viel mehr als Stalenger selbst. Deshalb sagte ich im Aufstehen: »Wir werden Sie informieren, sobald· wir etwas Neues in Erfahrung gebracht haben, Mr. Stalenger. Haben Sie Dank für Ihre Mitarbeit! Auf Wiedersehen.«

Wir verließen das Büro. An der Leuchtanzeige über dem Fahrstuhl erkannten wir, daß Manuel Izquierda bereits in der Halle angekommen war. Wir nahmen die Treppe und kamen im Erdgeschoß an, als Izquierda auf die Straße trat. Er öffnete seinen Regenschirm und schritt auf die Straße.

Wir folgten ihm.

Regen schlug uns in die Gesichter. Gebeugt liefen wir über die Straße, wichen den Fahrzeugen aus und hielten Izquierda im Auge, der sich in diesem Augenblick an einem Zeitungstand ein Nachrichtenmagazin kaufte. Als er das Wechselgeld eingesteckt hatte, blickte er sich prüfend um. Ich hatte das sichere Gefühl, daß der Mann darauf bedacht war, etwaige Verfolger zu entdecken. Langsam zündete er sich eine Zigarette an. Uns streifte er mit einem gleichgültigen Blick.

Phils Wagen stand einige Meter weiter in einer Parkbucht. Er gab mir einen Wink. Wir gingen darauf zu und stiegen ein. Izquierda löste sich unter dem Vordach des Zeitungstandes und spannte wieder den Regenschirm auf. Nach 40 Metern bog er rechts in die Third Avenue.

Phil startete den Motor. Ich stieg aus und lief hinter unserem Mann her. Phil bugsierte den Wagen aus der Parklücke und rollte mit ihm auf die Third Avenue zu. Möglich, daß Izquierda einen Wagen in der Nähe stehen hatte. Es war besser, selbst motorisiert zu sein.

Meine arg mitgenommene Kleidung war durchnäßt

und hing mir schwer am Körper. Ich erreichte die Kreuzung und erkannte den hohen Rücken Izquierdas etwa 20 Meter vor mir. Der Rinnstein links war mit einer langen Reihe von Autos besetzt. Gehupe dröhnte durch die nasse Luft. Ich drehte mich um und erkannte Phils Wagen, der in diesem Augenblick in die Third Avenue einbog. Sein Gesicht leuchtete als weißer Klecks durch die beschlagene Windschutzscheibe. Ich gab ihm ein verstecktes Zeichen und beschleunigte meinen Schritt, um unseren Mann auf keinen Fall aus den Augen zu verlieren.

Wenn er der Zeuge war, den Henry Girona töten wollte, mußte ich dicht bei ihm sein, um den Anschlag zu verhindern. Ich schob die Rechte in die Jacke und vergewisserte mich, daß mein 38er gelockert in der Halfter steckte.

Izquierda wandte sich nach links und einem roten Toyota zu. In seiner linken Hand sah ich Autoschlüssel. Ich drehte mich um, um mich zu vergewissern, daß Phil in der Nähe war, erkannte seinen grauen Ford und nickte meinem Freund zu.

Phil hob die rechte Hand.

Ich patschte durch eine tiefe Pfütze und stieß einen Fluch aus. Izquierda schob sich durch die Lücke zweier parkender Wagen. Vor der Fahrertür des roten Toyota blieb er stehen und schob den Schlüssel ins Schloß.

Er riß die Tür auf. Mitten in der Bewegung zuckte er zusammen. Er riß die Arme hoch, stieß einen Schrei aus und begann zu torkeln.

Ich rannte los.

Phils Wagen jagte vorwärts und kam mit quietschenden Reifen neben dem Toyota zu stehen. Phil sprang aus dem Wagen.

Izquierda fiel auf den nassen Asphalt der Straße.

In dieser Sekunde erst begriff ich, daß auf ihn ge-

schossen worden sein mußte – mit einer schallgedämpften Waffe!

Ich riß meinen 38er aus der Jacke und spannte den
Hammer. Ich blieb abrupt stehen. Meine Blicke glitten
über die Fronten der gegenüberliegenden Häuser,
weil ich einen Gewehranschlag vermutete. Aber ich
entdeckte nichts. Aufmerksam wurde ich erst, als
zehn Meter hinter mir ein Motor aufheulte.

Ich warf mich herum.

Meine Blicke glitten über die nassen Blechkarossen
und suchten die eine, unter deren Haube ein Motor
surrte. Ich entdeckte sie, als der grüne Plymouth zu-
rücksetzte.

Ich jagte los. Im Rennen erkannte ich, daß die Sei-
tenscheibe heruntergefahren wurde. Der dicke Lauf
einer schallgedämpften Waffe tauchte auf. In der
nächsten Sekunde fegten die Kugeln heran.

Ich ließ mich fallen und rollte mich nach rechts in
den Schutz eines Autos ab. Mein 38er stach vor. Der
Plymouth-Motor heulte auf. Das Heck des Wagens
rammte den Hintermann. Blech kreischte.

Ich schoß.

Meine Kugel stanzte ein Loch in die Windschutzscheibe.

Der Plymouth machte einen Satz nach vorn. Wieder
kreischte Blech. Glas splitterte. In der nächsten Sekunde jagte der Wagen auf die Fahrbahn und schob
sich rücksichtslos in die Verkehrsschlange.

Ich stieß eine Verwünschung aus und kam hoch. Ich
stützte meinen Revolver auf einem Autodach ab und
suchte mein Ziel. Ich erkannte den Plymouth und den
dunklen Schatten des Fahrers, der sich ins Visier
schob. Doch dann ließ ich die Waffe sinken.

Es wäre mehr als leichtsinnig gewesen, auf den Flie-
henden zu feuern. Zu leicht hätten meine Kugeln unschuldige Bürger in den unendlich vielen anderen

Fahrzeugen treffen können. Ich schob den Revolver zurück und wandte mich Phil zu.

Er hatte bereits begriffen und rannte auf den Dienstwagen zu. Als er die Tür aufriß, rief ich: »Es ist sinnlos, Phil. Der Plymouth hat es bereits geschafft!«

Ich deutete auf die breite Third Avenue. Der Fahrer des Fluchtfahrzeugs hatte sich rücksichtslos seinen Weg gebahnt und war in die East 49th Street eingebogen. Eine weitere Verfolgung war sinnlos. Sein Vorsprung war zu groß.

Phil nickte und warf sich in den Sitz. Ich sah, daß er den Hörer vom Funktelefon hob und eilig Anweisungen über den Notruf gab. Einen Fahndungsaufruf nach dem grünen Plymouth, dessen Nummer er sich gemerkt hatte.

Ich lief auf den roten Toyota zu und zwängte mich durch eine Lücke. Neben der Fahrertür lag Manuel Izquierda. Unter seinem Körper breitete sich eine Blutlache aus. Er lag auf dem Gesicht und rührte sich nicht mehr.

Ich kniete neben dem Botschaftsangehörigen nieder. In mir tobte ein Sturm von Gefühlen.

Zorn und Verzweiflung durchrasten mich. Zum zweiten Mal hatte ich eine Niederlage eingesteckt. Von einem Killer, dem scheinbar nicht beizukommen war. Daß der Anschlag von Henry Girona ausgeführt worden war, galt für mich als sicher.

Ich tastete nach dem Puls des Liegenden. Er ging hauchschwach, war kaum noch wahrzunehmen. Ich drehte den Mann auf die Seite, um die Erstickungsgefahr zu vermindern, und suchte nach dem Einschußloch.

Ich entdeckte es in Höhe des Herzens.

Phil tauchte neben mir auf. Sein Gesicht war kantig und wirkte düster. Das Haar hing ihm klatschnaß in die Stirn. Aus trüben Augen blickte er auf das Attentatsopfer hinab. »Du hast recht gehabt, Jerry«, sagte er leise. »Izquierda war unser Mann.«

Ich nickte. »Hast du die Ambulance angefordert?«

»Sie ist unterwegs.«

Im Toyota fand ich einen Verbandspacken. Gemeinsam legten wir Izquierda einen Notverband an. Phil schützte ihn mit seiner Jacke vor der Nässe.

Drei Minuten später tauchte der erste Police Car auf. Sekunden später hielt eine Ambulance neben uns. Der Arzt untersuchte Izquierda kurz, schüttelte den Kopf und sagte:« »Es müßte ein Wunder geschehen, wenn wir sein Leben retten sollen.«

»Schaffen Sie es!« rief ich ihm zu.

Er winkte ab. »So einfach ist das nicht, Mann!« Er winkte seinen Helfern zu. »Bringt ihn in den Wagen!« Zu einem mageren Männchen im weißen Kittel: »Mac, mach den Sauerstoffapparat klar und sorge dafür, daß der Tropf in Ordnung ist, sobald der Verletzte im Wagen liegt!«

Ich stöhnte auf. Izquierda war für uns unendlich wichtig, weil er uns sagen konnte, wie Juana Lopez zu retten war. Nur er konnte uns helfen, Licht in das Dunkel dieser Verschwörung zu bringen, der Juana Lopez zum Opfer fallen sollte. Aber Manuel Izquierda war ohne Bewußtsein. Und es schien nicht danach auszusehen, als wenn er die nächsten Stunden überleben würde.

»Versuchen Sie Ihr Bestes!« bat ich den Arzt. »Hier geht es um mehr als um das Leben dieses Mannes, Doc. Hier geht es darum zu verhindern, daß eine unschuldige junge Frau hingerichtet wird!«

»Wir werden tun, was wir können, Mister«, gab er kühl zurück. Dann stieg er in die Ambulance und bemühte sich um den Angeschossenen.

Phil und ich warteten, bis unsere Spurenexperten eingetroffen waren und den Tatort des Mordanschlags abzusuchen begannen, ehe wir ins District Office fuhren. Ich kam einfach nicht davon los, daß es einige tausend Meilen weiter ein junges Mädchen gab, das nur deshalb, weil es einigen Gangstern so gefiel, in weniger als 15 Stunden von den Kugeln eines Erschießungskommandos zerrissen werden sollte.

Wir mußten sie retten. Die Frage war nur: Wie?

III

Esteban Sanchez spürte sein wildschlagendes Herz und den bitteren Schweißgeruch, der seinem Körper entstieg und seine Geruchsnerven reizte. Unruhig ging er in der Halle des Flughafens auf und ab, um immer wieder hinaus auf das Flugfeld zu starren, über dem die noch immer brennende Abendsonne flimmerte. Er zündete sich eine dünne Zigarre an, lehnte sich an einen Pfeiler und schloß für Sekunden die Augen.

Er war hochgradig nervös. Er saß auf heißen Kohlen. Ihm war nicht wohl bei dem Gedanken, daß er das große Spiel um Geld und Macht letztlich doch verlieren konnte, wenn die Rechnung mit der Tochter des Präsidenten nicht aufging, die in diesem Honduras-Nest in der Todeszelle saß.

Wäre es nicht besser gewesen, eine sicherere Methode anzuwenden, um den Riesenskandal zu entfachen? fragte er sich, als er die Augen wieder öffnete und ein Plakat entdeckte, auf dem Rodriguez Lopez siegessicher lächelte und darum warb, ihn erneut auf den Stuhl des Präsidenten zu wählen. »Vote Lopez!« stand da in großen, roten Lettern.

Es wäre besser gewesen, gab Sanchez sich die Antwort selbst. Aber die Zeit war knapp gewesen, etwas Neues zu planen. Außerdem verfügte er weder über Geld noch den Einfluß, um wirklich mitreden zu können.

Esteban Sanchez war sich bewußt, daß er auch dann, wenn er in wenigen Tagen die Präsidentschaft übernahm, nur eine untergeordnete Rolle spielen würde. Nach außen würde er wohl die Geschicke der

Insel leiten. Tatsächlich aber würde er sich an die Anweisungen jener Männer halten müssen, die ihn dazu gebracht hatten, das große Spiel zu wagen.

Angefangen hatte es auf den Bahamas in einem großen Spielcasino. Das war vor einem Jahr. Er war in eine Pechsträhne hineingeraten und hatte in wenigen Stunden sein Vermögen auf dem grünen Tuch vergeigt. Erschüttert und ernüchtert ging er in sein Hotel, nahm die flache Taschenpistole aus dem Koffer und setzte sie sich an die Schläfe. Er wußte genau, daß er niemals mehr auf die Beine kommen würde.

Ihn drückten die Schulden, für die er keine Rückzahlungsmöglichkeiten hatte. Ihn drückte die Gewißheit, sehr bald vor Gericht gestellt zu werden, wenn herauskam, daß er sich aus der Kasse des Inselstaats bedient hatte. Fast zwei Millionen Dollar hatte er in seine eigene Tasche fließen lassen. Verzweifelt hatte er versucht, das Geld am Spieltisch zurückzugewinnen. Es hatte sich als Trugschluß erwiesen.

Er hatte nicht abgedrückt. Später behauptete er vor sich selbst, es sei nur deshalb nicht geschehen, weil das Telefon geläutet hätte. In Wahrheit, und das wußte er nur zu genau, war er zu feige gewesen, einen Schlußstrich unter sein Versagen zu setzen. Die Hoffnung, irgendwie doch noch aus dem Schlamassel zu kommen, bewog ihn, es wieder zu versuchen. Mit weiteren Griffen in die Staatskasse!

Dann wurde er am Telefon verlangt. Ein Mann war am anderen Ende der Leitung. »Es ist gut, daß Sie die Kugel nicht abgefeuert haben, Sanchez«, sagte der Mann. »Wie gut, werden Sie wissen, wenn Sie einige Worte mit mir gewechselt haben. Kann ich zu Ihnen raufkommen?«

»Was wollen Sie?«

»Ich sagte es bereits: Mit Ihnen sprechen. Über Spielverluste und die Herkunft des Geldes, das sie verloren haben. Aber auch darüber, wie sie heil aus der Sache rauskommen.«

Sanchez nickte. Er war wie erschlagen. Die Tatsache, daß Fremde über seine Finanzgebaren Bescheid wußten, stürzte ihn in einen tiefen Abgrund. Mit hängenden Schultern öffnete er dem Mann, der sich als Charles Manchester vorstellte, die Tür und bot ihm einen Sessel im Salon an.

Manchester zog einen Stapel Papiere aus der Tasche. Lückenlose Beweise für den Betrug, den Sanchez begangen hatte! Aufstellungen seiner Spielverluste und sonstigen Ausgaben. Achtlos warf er ihm die Kopien der Belege hin und sagte: »Wenn das Zeug in die falschen Hände gelangt, werden Sie gezwungen sein, sich eine Kugel zu geben. Ich empfehle Ihnen für den Fall nur, ein größeres Kaliber zu nehmen, Sanchez. Könnte sein, daß die Taschenartillerie, die Sie benutzen, keine vollendeten Tatsachen schafft.«

»Was wollen Sie?«

Manchester grinste. »Sie retten, Sanchez. Ihnen so viel Geld geben, daß Sie Ihre Schulden zurückbezahlen und das Loch in Ihrer Staatskasse stopfen können.«

»Warum?«

Manchester stand auf und bediente sich an der Bar mit einem teuren Whisky. »Sie sind Wirtschaftsminister, Sanchez. Ja ja, ich weiß, ein unbedeutender Posten, der Ihnen wenige Möglichkeiten läßt. Aber Sie sind auch eine Person, die auf der Insel einen gewissen Ruf genießt. Sie hätten bei entsprechender Finanzierung eine große Chance, Präsident Rodriguez Lopez bei der nächsten Wahl abzulösen.«

»Unmöglich! Lopez hat bei der letzten Entscheidung fast 70 Prozent der Stimmen bekommen! Er ist nicht zu schlagen!«

»Doch, Sanchez. Er ist zu schlagen. Wir wissen,

wie. Es kommt jetzt nur auf Sie an. Das heißt, im Grunde haben Sie keine Wahl. Wenn Sie nein zu meinem Vorschlag sagen, sind Sie geliefert. Dann bleibt Ihnen nur die Kugel oder« – Manchester machte die Bewegung des Halsabschneidens – »oder Sie werden vor ein Gericht gezerrt und haben die Aussicht, den Rest Ihres Lebens in Schimpf und Schande in einem Zuchthaus zu verbringen.«

Sanchez füllte sich ein Glas mit Alkohol, stürzte es hinunter und wußte vor Verzweiflung nicht ein und aus. Er begriff, daß er in einer tödlichen Falle steckte, aus der es keinen Ausweg gab. Ein Teufelskreis, der begonnen hatte, als er zum ersten Mal eine Überweisung aus der Staatskasse an sich selbst ausstellte.

Wer war dieser Mann? Zu wem gehörte er? War das Ganze nichts weiter als eine Falle? Handelte es sich um einen Trick, um ihn zu einem Schuldgeständnis zu bewegen?

Sollte er vernichtet werden?

Manchester erriet seine Gedanken. »Bilden Sie sich keine Schwachheiten ein, Sanchez!« sagte er ruhig. »Wir machen das Angebot nur einmal, weil wir genau wissen, daß es eine Reihe anderer Abgeordneter in Ihrem korrupten Parlament gibt, die sich die Hände reiben, wenn wir an sie herantreten. Wie gesagt, entweder gehen Sie auf unseren Vorschlag ein, oder Sie gehen baden. Für immer. Haben Sie verstanden?«

»Was soll ich tun?«

»Was wir Ihnen sagen. Sie fliegen nach Hause zurück und arbeiten ganz normal. Allerdings werden Sie vorher einige Schriftstücke unterzeichnen müssen. Hier!«

Manchester legte ein umfassendes Geständnis auf den Tisch. Nach langem Zögern unterschrieb Sanchez. Als er den Füllfederhalter zurücksteckte, wußte er, daß er einen unauflösbaren Pakt mit dem Bösen geschlossen hatte. Mit einer Gangsterorganisation, die die Macht auf der Insel übernehmen wollte.

Sanchez fluchte in sich hinein. Er war überreizt. Sehnsüchtig blickte er in den azurblauen Himmel, aus dem die angekündigte Maschine aus New York kommen mußte. Er atmete auf, als er plötzlich den winzigen Punkt erkannte, der sich wenig später vergrößerte und die Form eines zweistrahligen Privatjets erkennen ließ.

Damals bei jenem ersten Gespräch hatte er noch nicht gewußt, worum es seinen neuen Freunden ging. Darauf war er erst Monate später gekommen, als seine Schulden beglichen und der Betrug am Inselstaat nicht mehr aufudecken war, weil die Gelder zurückgezahlt worden waren. Jetzt wußte er, daß eine Riesenverschwörung im Gange war. Die Gangsterorganisation wollte ihn als Präsidenten, um zu erreichen, daß die Insel als gefahrloser Umschlagplatz für den Handel mit Rauschgiften, Waffen und gefälschtem Geld genutzt werden konnte. Da es keine Zollgrenzen zu den Vereinigten Staaten gab, konnten in Zukunft nach dem Machtwechsel ungehindert x-beliebige Mengen an illegalen Gütern in die USA gebracht werden.

Und für ihn gab es kein Zurück. Er hatte sich in die Hände der Organisation begeben. Aus ihnen gab es kein Entrinnen mehr.

In wenigen Tagen fanden die Wahlen statt. Rechtzeitig zu diesem Termin hatten die Gangster den Skandal um Juana Lopez entfacht. Sie war als Boß einer weitverzweigten Rauschgifthändlerbande in Honduras zum Tode verurteilt worden. Morgen früh würde sie hingerichtet werden. Der Skandal war perfekt und übte eine vernichtende Wirkung auf die Aussichten einer Wiederwahl des Präsidenten.

Die letzten Umfrageergebnisse ergaben für Rodriguez Lopez einen wahrscheinlichen Stimmenanteil von nur 21 Prozent. Er dagegen, Eseban Sanchez, lag mit 62 Prozent unschlagbar weit vorn in der Publikumsgunst.

Die Rechnung der Gangster war aufgegangen. Ende des Monats würde er, Sanchez, die Geschicke der Insel leiten!

Er beobachtete den Jet, der in diesem Augenblick mit qualmenden Reifen aufsetzte. Er schüttelte den Kopf. Nein, sagte er sich beklommen, nicht du wirst es sein, der die Macht ausübt. Es ist die Verbrecherorganisation, an die du dich verkauft hast . . .

Der Jet kam zum Stehen. Ein schwarzer Dodge raste auf ihn zu. Die Luke wurde aufgestoßen. Zwei Männer in hellen Anzügen kletterten aus dem Flugzeug und stiegen in die Limousine, die mit hoher Geschwindigkeit auf die VIP-Lounge zuraste.

Eseban Sanchez setzte sich in Bewegung. Wieder begann sein Herz zu rasen. Als er vor Charles Manchester und Morgan Rutherforth stand, waren seine Hände so naß, als hätte er sie soeben in Wasser getaucht.

»Wie sieht es aus?« fragte er abgehackt.

Manchester klopfte ihm auf die Schultern. »Keine Panik, Eseban! Der einzige Zeuge, der noch dazwischenfunken konnte, ist tot.«

Sanchez atmete auf. »Es gibt also keine Möglichkeit mehr, daß Juana Lopez aus der Sache herauskommt?«

»Nicht die geringste«, gab Manchester zurück. Er grinste, schlug auf den krokodilledernen Diplomatenkoffer und sagte: »Der Koffer ist mit Dollarnoten gefüllt, Sanchez. Die Summe reicht aus, um die letzten Hindernisse zu Ihrer Wahl aus dem Weg zu räumen. Fahren wir ins Hotel, um alles noch einmal in aller Ruhe durchzusprechen!«

Die beiden Gangster nahmen Sanchez in die Mitte, schoben ihn durch die VIP-Lounge und führten ihn zu dem wartenden Wagen, mit dem sie zum Flughafengebäude gefahren worden waren.

Die Männer stiegen ein. Sanchez zündete sich eine Zigarre an. Mit geschlossenen Augen saß er auf dem Rücksitz. Er war erleichtert wie nie zuvor in seinem Leben. Die Rechnung, die die Gangster für ihn aufgemacht hatten, war aufgegangen.

In knapp zwei Wochen würde er der mächtigste Mann der Insel sein!

Unser Chef, Mr. John D. High, lehnte sich im Sessel zurück. Er machte einen gelassenen Eindruck. Doch das täuschte. Seinem Gesicht sah ich deutlich an, daß ihn schwere Sorgen plagten, nachdem er meinen Bericht gehört hatte.

»Sind Sie sicher, Jerry, daß der Killer Girona von Juana Lopez sprach?«

»Ganz sicher, Chef. Girona behauptete, es gehe letztlich darum, die Wiederwahl Rodriguez Lopez' zu verhindern, die in einigen Tagen ansteht.«

Mr. Highs Stirn zog sich in Falten. In seine Augen trat ein nachdenklicher Zug. »Aber warum? Was versprechen sich die Gangster von einem solchen Manöver? Haben Sie darüber Erkenntnisse?«

Ich schüttelte den Kopf.

»Spielen persönliche Feindschaften eine Rolle?«

»Ich weiß es nicht«, gestand ich. »Girona gab keine weiteren Informationen.«

Es klopfte an der Tür. Sekunden später trat Phil ein, den ich gebeten hatte, sich mit dem Krankenhaus in Verbindung zu setzen, in dem Manuel Izquierda eingeliefert worden war. Phil machte ein ernstes Gesicht. Ich sah ihn fragend an.

»Izquierda liegt gerade auf dem Operationstisch«,

berichtete mein Freund. »Der diensttuende Arzt konnte mir nicht sagen, ob er durchkommen wird. Die Kugel hat anscheinend eine Herzkammer durchschlagen. Es sieht nicht gut aus.«

Ich stöhnte innerlich auf. Wenn Manuel Izquierda starb, war es schlecht um Juana Lopez bestellt. Wenn dieser Mann überlebte und zur Aussage bereit war, ließ sich sicherlich der Hinrichtungstermin zumindest aufschieben. Wenn nicht . . . Himmel, dann würde wohl das Mädchen von den Kugeln des Erschießungskommandos zerrissen werden!

»Wann wissen die Mediziner Genaues, Phil?«

»In einer Stunde etwa.«

Ich hob den linken Arm. Es war 7.12 Uhr. Weniger als 14 Stunden Zeit, um Juana Lopez zu retten!

»Was können wir tun?« fragte ich und spürte, wie meine Verzweiflung wuchs. Zwar kannte ich das zum Tode verurteilte Mädchen nicht persönlich. Aber allein der Gedanke, daß da ein unschuldiges junges Geschöpf aufgrund eines verbrecherischen Komplotts hingerichtet werden sollte, jagte mir kalte Schauer über den Rücken.

»Warten«, sagte Phil zerquält.

Mr. High nickte. »Warten«, sagte auch er. »Und hoffen, daß Izquierda überlebt.«

»Womit noch nicht gesagt ist, daß er auch vernehmungsfähig sein wird! Und wenn er es ist, wissen wir nicht, ob er den Mund aufmachen wird. Es muß einen anderen Weg geben, Chef.« Meine Stimme vibrierte.

Wir schwiegen. Wir wußten alle, was auf dem Spiel stand. Unsere Gehirne zermarterten sich nach einer Lösung, die sich jedoch nicht einstellen wollte. Es sah aus, als steckten wir in einer Sackgasse ohne Umkehrmöglichkeit.

Mr. Highs Versuch, sich mit Washington kurzzuschalten, hatte auch noch kein konkretes Ergebnis gebracht. Aus der Zentrale war nur die Nachricht gekommen, daß die Regierung sich um die Begnadigung des Mädchens kümmere. Aber hinter vorgehaltener Hand klang durch, daß es wenig Aussicht auf einen Erfolg gab.

Sollten wir tatenlos zusehen?

Ich konnte es einfach nicht. Ich mußte etwas tun. Mein Chef und Phil dachten ebenso, das wußte ich. Die Frage war nur, wo wir ansetzen konnten.

»Und wenn ich mich als Zeuge zur Verfügung stelle, Chef? Immerhin kann ich bestätigen, daß ein Mittäter im Komplott gestanden hat!«

»Es kommt darauf an, ob das Gericht in Honduras Ihre Aussage anerkennt.«

»Muß es das nicht?«

Mr. High schwieg einen Augenblick, dann sagte er: »Ich kenne die Rechtslage dort unten nicht. Mir scheint aber, daß es notwendig wäre, wenn Sie persönlich vor Gericht erschienen. Ich nehme an, das ist die wichtigste Voraussetzung überhaupt.«

»Wir haben noch knapp 14 Stunden«, sagte ich drängend.

Mr. High nickte. »Ihre Aussage könnte das Verhängnis hinauszögern«, gestand er. »Ich fürchte aber, daß Juana Lopez damit nicht völlig zu entlasten ist, wenn zutrifft, daß die Beweislage gegen sie lückenlos ist.«

»Wir hätten auf jeden Fall Zeit gewonnen!«

»Möglich«, gab Mr. High zurück. Wortlos griff er zum Telefon und gab die Anweisung, eine Verbindung nach Washington herzustellen. den Hörer wieder auf die Gabel legend, sagte er: »Ich werde darauf dringen, daß Washington eine Verbindung zu den Behörden in Honduras herstellt und den neuesten Stand der Dinge mitteilt. Gleichzeitig kündige ich an, daß Sie sich auf den Weg machen werden, Jerry. Im übrigen meine ich, daß es jetzt wichtig ist, in der Nähe Izquier-das zu sein. Sollte er gerettet werden und fähig sein, eine Aussage zu machen, wäre es leichtsinnig, die Chance nicht wahrzunehmen. Wir bleiben in Verbindung.«

Phil und ich erhoben uns. Ich war etwas hoffnungs-voller, weil ich wußte, daß sich hinter der Ruhe unserer Chefs tiefe Sorge um das unschuldige Menschenleben dort unten in der Todeszelle verbarg. Mr. High würde nichts unversucht lassen, einen Weg zur Rettung zu finden.

Wir verließen das Büro und fuhren in unseres hinab. Auf meinem Schreibtisch lag ein frischer Anzug, den ein Kollege aus meiner Wohnung besorgt hatte. Ich kleidete mich rasch um, verzichtete darauf, meine Wunden vom Arzt behandeln zu lassen, und fuhr um 7.23 Uhr mit dem Aufzug nach unten. Zwei Minuten später saßen wir in meinem roten Jaguar und fuhren zum Bellevue Hospital, in dem Izquierda unter dem Messer der Chirurgen lag.

Wir schafften die Strecke in Rekordzeit. Um 7.46 Uhr stiegen wir die Treppen des mächtigen Komplexes hinauf. Die junge Dame am Information Desk verwies uns in das 4. Geschoß des Westflügels. Dort trafen wir auf Dr. Cumberland, den Leiter der Unfallabteilung.

Er schüttelte den Kopf, als wir unsere Frage nach dem Zustand Izquierdas losgelassen hatten. »Er lebt«, sagte er zurückhaltend, »aber das ist auch alles, G-men. Das Geschoß, das am Herzausgang steckengeblieben ist, haben wir entfernt, aber... erst die nächsten Stunden werden zeigen, ob der Patient die Verletzungen übersteht.«

»Ist er bei Bewußtsein?« fragte Phil leise.

»Das ist er. Aber er steht noch unter Narkoseeinfluß und ist nicht ansprechbar.«

»Wann, meinen Sie, wird das der Fall sein?« fragte ich nach.

Dr. Cumberland zeigte uns die Innenflächen seiner schmalen Hände. »Wir tun, was wir können, Gentlemen. Aber auch mit Hilfe der modernsten Apparatmedizin sind wir nicht in der Lage, Gott zu spielen. Eine Prognose kann ich nicht stellen. Mag sein, daß Mr. Izquierda noch vor Mitternacht ansprechbar ist. Möglich aber auch, daß wir ihn schon bald von der Intensivstation nehmen müssen.«

Wir begriffen nur zu gut, was der Arzt damit ausdrücken wollte. Izquierda befand sich in einem Zustand zwischen Leben und Tod. Ob er eine Zukunft hatte, hing von seiner körperlichen Verfassung und vielleicht auch von einem bißchen Glück ab. Jedenfalls konnten wir ihn nicht vernehmen. Was wir tun konnten, war wenig genug. Wir überzeugten uns, daß das Zimmer, in dem er lag, von unseren Kollegen unter Kontrolle gehalten wurde und niemand sich ihm nähern konnte.

Es war 8.10 Uhr abends. In knapp 13 Stunden würde Juana Lopez sterben . . .

Wir marschierten über den Gang. Phils Gesicht war düster. Er zermarterte sich genau wie ich das Gehirn, um einen Weg aus der anscheinend ausweglosen Situation zu finden. Vergebens. Ich blieb vor dem Glaskasten der Nachtschwester stehen und bat sie, ihr Telefon benutzen zu dürfen. Wortlos schob sie mir den grauen Apparat zu. Ich wählte die Nummer unseres District Office und ließ mich mit Steve Dillaggio verbinden, der die Fahndung nach dem Killer Henry Girona leitete.

»Seid ihr weitergekommen?«

»Leider nicht, Jerry«, kam es niedergeschlagen über die Leitung. »Wir haben auch die City Police eingeschaltet und sie gebeten, uns zu unterstützen. Inzwischen sind Tausende von Fotos des Gesuchten verteilt worden, aber es scheint, als wäre er vom Erdboden verschluckt worden. Zwar gab es einige Anrufe, aber . . . das Übliche, Jerry. Keine heiße Spur!«

Ich hatte es nicht anders erwartet. Girona war nicht der Mann, der einen Anschlag durchführte, ohne seine Flucht sorgfältig vorzubereiten. Wahrscheinlich befand er sich längst außerhalb New Yorks, hatte sein Aussehen verändert und verfügte über astreine Papiere, die es ihm ermöglichten, das Land ungehindert mit dem Flugzeug zu verlassen.

»Stelle mich bitte zum Chef durch!« bat ich und trommelte nervös mit den Fingern auf das Pult der Schwester.

Phil lehnte an der Wand. Seine Kinnmuskeln bewegten sich.

Helens Stimme war in der Leitung. Sie stellte mich zu Mr. High durch.

»Haben Sie inzwischen mit Washington gesprochen?« fragte ich.

»Das habe ich, Jerry. Leider kann ich Ihnen keine guten Nachrichten übermitteln. Der Versuch unserer Regierung, Gnade für Juana Lopez zu erwirken, ist fehlgeschlagen.«

Ich preßte die Lippen hart aufeinander. Meine Rechte verkrampfte sich um den Hörer. Ich stöhnte leise auf. »Ist den Behörden in Honduras klargemacht worden, daß Beweise für die Unschuld des Mädchens vorliegen?«

»Auch das, Jerry. Die Antwort lautete: Beweise können nur dann anerkannt werden, wenn sie auch vorgetragen werden. Vom Zeugen persönlich.«

Ich hielt den Atem an.

Mr. High seufzte leise auf. Dann fragte er: »Wie steht es um Izquierda, Jerry? Sind Sie an ihn herangekommen?«

»Er ist nicht ansprechbar, Chef. Nach Auskunft des zuständigen Arztes ist mit ihm auch nicht mehr zu rechnen. Es ist fraglich, ob er überlebt.«

Mr. High schwieg einen Augenblick. Als er wieder sprach, klang seine Stimme entschlossen: »Dann gibt es nur noch eins, Jerry: Sie müssen nach Honduras und dort dafür sorgen, daß Ihre Aussage zur Geltung kommt.«

»Das halte ich auch für richtig, Chef. Wenn es überhaupt noch eine Chance für Juana Lopez gibt, dann diese. Ich hoffe nur, nicht zu spät zu kommen.«

»Das hoffen wir alle, Jerry. Ich habe inzwischen die Flüge abklären lassen. Sie bekommen um 9.10 Uhr eine englische Maschine nach Belize City. Von dort haben Sie dann einen Anschluß mit dem Nachtflugzeug nach San Pedro Sule in Honduras. Wenn alles planmäßig läuft, werden Sie um 4.20 Uhr landen.«

»Das ist knapp«, sagte ich, weil ich genau wußte, daß ich dann noch gut 100 Kilometer bis Quimistan hatte, einer Provinzstadt ohne Flughafen. Dort befand sich Juana Lopez in der Todeszelle.

»Sie müssen es schaffen, Jerry!«

»Ich werde mein Bestes geben, Chef. Ich mache mich sofort auf den Weg.«

»Gut. Sie haben noch Zeit, sich Gepäck zu beschaffen. Ich sorge dafür, daß Joe Brandenburg Sie am John F. Kennedy International Airport erwartet. Er wird am Hauptschalter der British Airways sein.«

Ich dankte und legte auf. Mit wenigen Worten informierte ich Phil, der zustimmend nickte und mir die Rechte auf die Schulter legte.

Ich sah es seinem Gesicht an, daß er mich nur zu gern begleitet hätte. Aber es war besser, wenn er in New York blieb, um sich um Izquierda und dessen Umgebung zu kümmern.

Ich reichte ihm die Hand: »Bis bald, alter Junge.«

Er nickte. »Hoffentlich schaffst du es«, gab er zurück.

Dann ging ich. Meine Absätze hallten auf dem blankpolierten und mit Fliesen ausgelegten Gang wider. Für mich klang das so, als wenn ein Sarg zugenagelt würde.

»Ein voller Erfolg?« Die Stimme des feisten Mannes hinter dem Schreibtisch war voller Hohn. Seine Rechte landete klatschend auf dem blankpolierten Schreibtisch. Aus kleinen, unter dicken Fettpolstern verschwindenden Augen musterte er Girona, der sich in einen Sessel fläzte und die Arme vor der Brust verschränkt hielt. »Eine Katastrophe ist das, Girona! Ich habe den Eindruck, du bist dein Geld nicht mehr wert. Die Sache mit Izquierda ist vollständig in die Hose gegangen. Die Knochenflicker im Bellevue Hospital haben den Burschen unter dem Messer gehabt und ihn zurückgeholt, begreifst du?«

Girona leckte sich über die dünnen Lippen. Der Ton, den der aus allen Nähten platzende Mafioso Rock Bernard anschlug, gefiel ihm nicht. Bisher hatte es noch niemand gewagt, ihm auf diese Tour zu kommen. Böse zischte er: »Ich habe gesehen, daß er auf dem Bauch landete. Ich bin sicher, daß die Kugel sein Herz traf. Er muß also hinüber sein!«

»Ist er aber nicht, mein Junge!« kam es hart zurück. »Deine Kugel hat ihn nur verletzt. Wie du weißt, sind die Mediziner heute so weit, daß sie schon Tote wieder ins Leben zurückholen können. Für die Weißkittel ist es ein leichtes, Izquierda wiederherzustellen. Und dann, mein Junge, wird er singen wie eine Nachtigall. Dann wird er dem FBI erzählen, was dort unten in Honduras gelaufen ist. Dann platzt die Bombe!«

Girona atmete tief durch. Sein Zorn steigerte sich. »Worauf willst du hinaus, Bernard?« fragte er.

»Auf Sicherheit, mein Freund.«

»Und das bedeutet?«

»Daß du Izquierda unserer Absprache gemäß in die Hölle schickst. Er liegt im Bellevue auf der Intensivstation der Unfallabteilung. Du wirst ihm die Schläuche aus der Nase ziehen.« Bernard senkte den Kopf wie ein angereifender Stier.

Girona sah dem Gangsterboß deutlich an, daß er eine Weigerung nicht hinnehmen würde. Wütend knurrte er: »Hast du eine Ahnung, was für mich dabei auf dem Spiel steht?«

»Genau, Girona! 50 000 Bucks. Du hast sie dir noch nicht verdient!«

Girona starrte vor sich hin. Er war unsicher wie selten zuvor. Als er auf Izquierda gefeuert hatte, waren ihm Polizisten in die Quere gekommen.

In einem der beiden hatte er den Special Agent Jerry Cotton zu sehen gemeint. Natürlich war das Unsinn, aber...

»Du wirst ihn erledigen müssen, Girona«, sagte Bernard eiskalt. »Jedenfalls werde ich es nicht zulassen, daß der größte Coup meines Lebens durch einen deiner Fehler baden geht.«

Girona zündete sich eine Zigarette an. »Das Zimmer, auf dem Izquierda liegt, wird von den Bullen bewacht sein, nehme ich an.«

»Du hast genügend Hirn im Kopf, um dir was einfallen zu lassen. Noch heute, Girona. Izquierda darf nicht wieder zu sich kommen und auspacken. Er darf nicht!«

Girona erhob sich. Der Auftrag schmeckte ihm ganz und gar nicht, weil er ahnte, daß der FBI bereits Jagd auf ihn machte. Einen G-man tötet man nicht, ohne daß viel Staub aufgewirbelt wird. Daß Cotton vor dem

Kampf im Lager noch eine Meldung an sein Hauptquartier abgesetzt hatte, hielt er für sicher.

Er nickte. »Okay«, sagte er, »ich werde Izquierda den Rest geben. Ich habe nur noch eine Frage, Bernard, die du sicher beantworten kannst: Was läuft wegen des Todes von G-man Cotton?«

Rock Bernard lehnte sich zurück. Sein Mund klaffte auf. »Cotton tot?« blaffte er verblüfft. »Woher hast du die Durchsage?«

Girona grinste. »Das ist kein Spruch, Mann, das ist Wirklichkeit. Ich selbst habe den Hurensohn in die Luft geblasen.«

»Wann?«

»Heute nachmittag. Ich habe ihm eine Bombe auf den Bauch gebunden.«

Bernard lachte auf. »Eine Bombe also?«

»Genau. Sie wird nur Fetzen von ihm übriggelassen haben.«

Bernard schüttelte den Kopf. »Seltsam«, sagte er höhnend. »Genau dieser Cotton tobte noch vor 20 Minuten im Bellevue Hospital herum und bemühte sich, Izquierda zu interviewen. Wenn du jemand aus seinem Stall miniert hast, Girona, dann muß es Cottons Doppelgänger gewesen sein.«

Girona schluckte. Er konnte nicht fassen, was er da hörte. Wenn der FBI-Beamte wirklich im Hospital war, mußte er sich befreit haben. Nur wie? War das überhaupt möglich gewesen? War der G-man gefunden worden? Hatte der Zufall ihn vor der Höllenfahrt bewahrt?

Girona starrte Bernard an. »Es gibt keinen Zweifel?«

»Nicht die Spur, mein Junge! Und noch eins: Wenn du tatsächlich Cotton hochgejagt hättest, wärest du jetzt ein reicher Mann. Aber du hast Pech gehabt, die Kopfprämie, die wir auf ihn gesetzt haben, müßtest du dir erst verdienen.«

Girona ballte die Fäuste. In seinen Augen blitzte es auf. Es mußte so sein, wie Bernard es behauptete. Cotton war wie durch ein Wunder davongekommen. Wieder einmal! Mit vor Zorn zitternden Lippen stieß der Killer hervor: »Weißt du auch, wo Cotton jetzt zu finden ist?«

»Was hast du vor?«

Girona drehte sich um. Er starrte den Mafioso an. Entschlossen sagte er: »Wenn er tatsächlich noch leben sollte, wird er es nicht mehr lange tun. Ich schwöre, daß ich nicht eher ruhen werde, bis ich ihm den Rest gegeben habe!«

Bernard lächelte. »Eine löbliche Absicht, mein Junge, aber vorher wirst du die Sache mit Izquierda erledigen. Okay?«

»Okay«, gab Girona zurück. Er ging zur Tür und verließ das Büro.

Er hatte schon eine Idee, wie er an den Mann auf der Intensivstation herankommen konnte. –

IV

Es war trotz der späten Nacht brütendheiß, als ich in Belize City aus der DC-9 der British Airways stieg. Der Schweiß rann mir aus allen Poren. Ich hatte Mühe, tief durchzuatmen. In aller Eile suchte ich das flache Abfertigungsgebäude auf und fragte mich nach der Telefonzentrale durch. Der diensttuende Beamte war mehr als hilfsbereit, als ich mich auswies und ihm erklärte, in einer wichtigen Mission unterwegs zu sein. Er sorgte dafür, daß ich sofort eine Leitung nach New York bekam.

Es war Mitternacht.

Phil erreichte ich im Bellevue Hospital. Meine erste Frage war die nach dem Zustand unseren wichtigen Zeugen.

»Izquierda kam so gegen zehn Uhr zu sich, Jerry«, berichtete mein Freund. »Der Stationsarzt ließ ein kurzes Gespräch zu. Ich habe die Gelegenheit genutzt, um dem Zeugen einige Fragen zu stellen. Zunächst schwieg er sich aus. Doch als ich ihm klarmachte, was ihn erwartete, gab er zu, in den Fall Juana Lopez verstrickt zu sein.«

Die Verbindung war schlecht. Immer wieder übertönten die Geräusche der Leitung die Stimme meines Kollegen. Ich mußte schreien, um mich verständlich zu machen. Ich brüllte in die Leitung: »Ist er bereit, ein Geständnis abzulegen?«

»Es hatte den Anschein, Jerry, aber . . .«

»Was aber? Will er oder will er nicht?«

»Er konnte keine Antwort mehr geben, weil er wieder bewußtlos wurde.«

»Was sagen die Ärzte?«

Phils Antwort ging in einem lauten Knattern unter. Ich bat ihn zu wiederholen. Er brüllte: »Izquierda scheint die Krise überstanden zu haben. Mit einem Rückschlag wird nicht gerechnet. Ob er jedoch noch in dieser Nacht zu sich kommt, ist fraglich.«

»Bleibe auf jeden Fall auf dem Posten!« bat ich ihn. »Sollte Izquierda sprechen können, Phil, versuche alles, um ihn zu einem Geständnis zu bewegen! Wenn du das hast, schicke es durch Telekopierer nach San Pedro Sula zum Büro der Pan Am. Ich werde dort auf jeden Fall nachfragen. Hast du verstanden?«

Phil bestätigte. Er ließ sich meine genaue Ankunftszeit geben und fügte dann hinzu: »Wenn bis 4. um acht Uhr abends nichts eingetroffen ist, habe ich nichts erreicht. Versuche auf jeden Fall, wieder anzurufen!«

»Okay«, gab ich zurück. »Hat die Fahndung nach Girona eine Spur gebracht?«

»Nicht die geringste. Der Mann ist wie vom Erdboden verschluckt.«

Ich dankte. Phil wünschte mir viel Glück. Wir beendeten das Gespräch. Ich zündete mir eine Zigarette an, nahm meine Reisetasche und verließ das stickige Telefonbüro. In der Halle kümmerte ich mich um meinen Weiterflug. Mir wurde gesagt, daß die Maschine um 1.10 Uhr starten würde. Um die Zeit totzuschlagen, schwang ich mich in der Cafeteria auf einen Barhocker und bestellte mir ein Bier.

Der bärtige Kellner schob es mir nach wenigen Sekunden über die Theke und kassierte gleich ab. Ich nahm einen langen Schluck und spürte, wie das köstliche Naß einen Frischeschock in mir auslöste. Über den Rand des Glases beobachtete ich die anderen Gäste. Bis auf eine in ein Seidencape gehüllte Frau waren es nur Männer. Müde Reisende, die wohl wie ich auf die Anschlußmaschine warteten.

Ich zerdrückte den Zigarettenrest im Ascher und lehnte mich gegen die ledergepolsterte Theke. Meine Glieder waren schwer. Ich hatte seit gut 18 Stunden nicht mehr geschlafen. Auch im Flugzeug war ich nicht zur Ruhe gekommen, weil mein Nebenmann andauernd versucht hatte, mir seine Ansicht über das Wettrüsten der Supermächte aufzudrängen.

Die Frau im Seidencape erhob sich. Sie preßte ihre Krokohandtasche so fest an sich, als sei sie mit Geld gefüllt, umrundete ihren Tisch und kam auf die Bar zu. Sie warf mir einen Blick zu. Ich schien ihre Gnade gefunden zu haben, denn sie nahm einen Hocker weiter Platz und nickte mir zu. »Warten Sie auch auf die Maschine nach San Pedro Sula?« fragte sie mit verrauchter Stimme. In ihrem Blick lag mehr als Gleichgültigkeit. Es war Kälte, wie ich feststellte.

»Ja«, sagte ich und führte das Glas zum Mund. Die Frau war etwa 30 Jahre alt. Ihr Gesicht zeigte Spuren eines offenbar wüsten Lebens. Tiefe Falten, die nur mühsam mit Make-up kaschiert waren, liefen um Mund und Nase.

»Ein elendes Nest«, sagte sie mit einer wegwerfenden Handbewegung. »Wer dort leben muß, fühlt sich wie in einem Gefängnis. Hitze und Elend . . . Sie sind zu bedauern, Mister . . .«

»Cotton«, sagte ich und versuchte ein Lächeln. Mir war aufgefallen, daß sie genickt hatte, als ich meinen Namen genannt hatte.

»Ich fliege nur noch hin, um ab und zu nach dem Rechten zu sehen«, erzählte die Dame. »Ich besitze dort unten ein Unternehmen.«

Wahrscheinlich ein Bordell, unterstellte ich ihr, und hatte wohl auch recht.

Sie musterte mich. Ihr Blick wurde hungrig. »Ich habe Sie beobachtet, Mr. Cotton, als sie hereingekommen sind. Sie unterscheiden sich von den anderen

Männern.« Sie deutete mit dem Kinn auf die anderen Wartenden und fuhr verächtlich fort: »Es sind Haie, sage ich Ihnen, Männer, die den Satan in der Hölle besuchen würden, wenn dabei eine Handvoll Dollars abfielen. Sie scheinen nicht in Geschäften unterwegs zu sein.« Es war eher eine Feststellung als eine Frage.

»Nein,« gab ich zu.

Sie öffnete ihre Handtasche und kramte ein zerdrücktes Zigarettenpäckchen hervor. Ich gab ihr Feuer. Sie dankte und lehnte sich zurück, wobei sie mich erneut wie ein soeben erworbenes Schmuckstück abschätzte.

Ich leerte mein Glas und bestellte mir einen Kaffee. Der Barmensch kassierte wieder sofort. Offensichtlich hatte er in der Vergangenheit böse Erfahrungen mit eiligen Gästen gemacht. Er ging auf Nummer Sicher. Die Dame kramte wieder in ihrer Handtasche.

Ich nahm einen Schluck des pechschwarzen, heißen Kaffees und verbrannte mir dabei fast die Lippen. Meine Nachbarin verschloß die Handtasche und wollte sie auf die Theke stellen, als sie ihr aus der Hand glitt. Die Tasche fiel. Der Inhalt – Kosmetika, Geld und ein goldenes Feuerzeug – fiel heraus und schepperte über den Boden.

Ich glitt gleichzeitig mit der Frau vom Barhocker und kniete mich nieder, um die Utensilien aufzuheben. Die Frau lachte. »Entschuldigen Sie!« sagte sie scheinbar verlegen. »Ich wollte Sie nicht bemühen.«

»Keine Ursache«, gab ich zurück und reichte ihr die Tasche samt Inhalt zurück.

»Sie sind sehr nett, Mr. Cotton. Schade, daß wir uns nicht wiedersehen.«

Sie hängte sich die Tasche über die Schulter. Ich zog verwundert die Brauen in die Höhe. »Ich nahm an, Sie warteten ebenfalls auf die Maschine nach San Pedro Sula?«

Sie schüttelte den Kopf. Dabei bemerkte ich, daß sie eine Perücke trug. »Nein«, sagte sie, »wenigstens nicht, um mit ihr abzufliegen. Gute Nacht, Mr. Cotton!«

Sie stöckelte davon. Einer der Wartenden hinter mir machte eine obszöne Handbewegung und lachte lauthals los.

Ich drehte mich um. Es war 0.33 Uhr. Ich leerte die Kaffeetasse und zündete mir eine weitere Zigarette an. Der Aufruf für die Maschine mußte bald erfolgen. Wenigstens erhoben sich einige Männer und strebten dem Ausgang der Cafeteria zu.

Ich hob die rechte Hand, um dem Barmann klarzumachen, daß ich einen zweiten Kaffee wünschte. Ich hoffte, die plötzlich mit aller Macht auftretende Müdigkeit so überwinden zu können. Meine Lider waren schwer wie Blei. Ich hatte plötzlich Mühe, die Augen offenzuhalten. Überrascht riß ich sie auf, als die Stimme des Barmannes dicht vor mir erklang: »Was darf es sein, Sir?«

»Kaffee«, murmelte ich träge, bemerkte den seltsam fragenden Blick des Mannes und hielt mich an der Theke fest.

»Wieder schwarz, Sir?«

»Schwarz«, bestätigte ich und hatte das Gefühl, das Wort wäre von einem Fremden ausgesprochen worden. Woher kam nur diese plötzliche bleierne Müdigkeit? Was machte mich so kraftlos und schwerfällig? Warum brachte ich selbst ein so leichtes Wort wie schwarz nicht mehr richtig heraus?

Wieherndes Gelächter hallte durch die Cafeteria. Ich drehte mich um. Die anderen Gäste starrten mich belustigt an. Ich hörte Stimmen, ohne zu verstehen, was sie sagten. Nur ein Wort prägte sich mir ein und verzerrte sich zu einem höhnischen Gelächter: »Besoffen!«

Ich begriff, daß sie mich meinten, ohne zu begreifen, wieso. Ich hatte nur ein Bier getrunken und konnte unmöglich betrunken sein. Es war einfach unmöglich. Und doch, mein Körper wurde schwerer und schwerer. Vor meinen Augen begann es sich zu drehen. Ich verlor den Halt und stürzte zu Boden. Stöhnend kroch ich auf die Theke zu, und schüttelte mich in dem vergeblichen Versuch, die Benommenheit loszuwerden. Ich zog mich am Barhocker hoch, atmete schwer und schaffte es, auf den Beinen zu bleiben.

Der Kellner brachte mir den Kaffee. Wie ein Ertrinkender nach Luft jappt, trank ich das starke Gebräu. Meine Knie zitterten. Die Stimmen hinter mir wurden zu einem heftigen Orkan. In diesem Augenblick begriff ich: Die Begegnung mit der schwarzhaarigen Frau war kein Zufall gewesen!

Mein Körper schwang hin und her. Entsetzen stieg in mir hoch. Klarsichtig erkannte ich plötzlich, daß die Frau im Seidencape ihre Tasche bewußt fallen gelassen hatte, um mir bei dieser Gelegenheit ein Betäubungsmittel in den Kaffee zu schütten.

Ich wollte schreien, aber ich brachte nur ein klägliches Krächzen aus der Kehle. Ich hob die rechte Hand und winkte dem Kellner, dessen Blicke mich verächtlich abschätzten. Auch er mußte überzeugt sein, daß ich zuviel Alkohol getrunken hatte.

Widerwillig kam er heran. »Was gibt es, Mann?«

Mann, hatte er gesagt, nicht Sir. Ich war für ihn um einige Stufen in der Achtung gesunken. Ich war nichts weiter als ein haltlos Betrunkener, der ihm Sorgen bereitete, weil er Ärger befürchtete.

»Einen Arzt!« stieß ich halberstickt hervor. »Gift!«

Das Gesicht des Mannes verschwamm vor meinen Augen. »Gift . . . Kaffee . . . die Frau!« murmelte ich, während sich meine Hände in die Lederpolsterung der Bartheke verkrampften.

Der Kellner lächelte spöttisch. »Alkohol«, sagte er geringschätzig. »Man sollte aufhören, wenn man spürt, daß es zuviel wird.«

»Kein Alkohol!« meinte ich zu schreien. Tatsächlich war meine Stimme nichts weiter als ein Flüstern. Ich dachte an Juana Lopez. Ich hatte nur noch wenige Stunden Zeit, die unschuldige junge Frau zu retten. Angst schüttelte mich, die Angst davor, daß niemand begreifen werde, wie es um mich stand.

Ich brauche einen Arzt, der mir den Magen auf der Stelle auspumpte. Ich griff nach den Händen des Kellners. »Es ist Gift! Hören Sie? Gift. Im Kaffee. Einen Arzt, schnell?«

Er schüttelte den Kopf.

»Es geht um Leben und Tod!« sagte ich. »Ein Mädchen, das . . .«

Er entzog mir seine Hand. Ich glitt ab, knickte ein und kippte um. Ich schlug auf den steinernen Boden, krümmte mich und kämpfte mit aller Kraft gegen dieses unaufhaltsame Sinken an, das mir das Bewußtsein zu rauben suchte. Ich hörte wieder das Gelächter der anderen Flugpassagiere, durch das in diesem Augenblick eine Lautsprecherstimme dröhnte. Mein Flug nach San Pedro Sula wurde aufgerufen. Zuerst in Englisch, dann in Französisch und Spanisch.

»Einen Arzt!« lallte ich. Die Lider bekam ich nicht mehr auf. Schritte näherten sich. Dann standen Männer neben mir. »Völlig besoffen«, sagte einer, ein Texaner, wie ich hörte.

Ich versuchte mich aufzustützen und schaffte es auch, um aber im nächsten Augenblick wieder zurückzufallen. »Arzt!« schrie ich. »Einen Arzt! Es ist Gift!«

Sie lachten.

Ich spürte, wie mir Verzweiflungstränen übers Gesicht liefen. Begriff denn keiner dieser Hornochsen, wie es tatsächlich um mich stand? Begriffen sie nicht, daß, wenn ich keinen Arzt bekam, der mir den Magen auspumpte, das Leben einer Unschuldigen verwirkt war?

Ich kroch über den Boden und faßte nach einem Schuhpaar. »Einen Arzt, bitte!« schrie ich.

Es war das letzte, was ich von mir gab. Dann kam unaufhaltsam die Schwärze, eine Nacht, von der ich nicht wußte, ob es aus ihr je ein Erwachen geben würde. Was ich noch begriff, war, daß Juana Lopez, zu deren Rettung ich von New York aufgebrochen war, nun keine Chance mehr hatte, mit dem Leben davonzukommen. Ich war kurz vor dem Ziel durch einen miesen alten Trick aus dem Rennen geworfen worden. Ich würde nicht mehr rechtzeitig nach Honduras kommen.

Mein Schrei erstarb mir auf den Lippen.

Mit der Geduld einer Raubkatze wartete der Killer Henry Girona seit mehreren Stunden auf seine Gelegenheit. Er hatte das Bellvue Hospital wie ein normaler Besucher durch den Haupteingang betreten, sich bei einer Schwester nach der Unfallstation informiert und war dann vom Küchentrakt aus mit dem Materialfahrstuhl nach oben gefahren. Innerhalb von wenigen Minuten fand er heraus, auf welchem Zimmer Manuel Izquierda untergebracht war und wie scharf man ihn bewachte.

Für ihn waren die beiden Beamten auf dem Gang kein Hindernis. Längst wußte er, daß der Komplex der Intensivstation durch die beiden Operationssäle zu erreichen war, die nicht bewacht wurden. Sie zu erreichen, war für den Killer ein Kinderspiel.

Ungesehen huschte er aus der Abstellkammer,

schritt über den Gang und näherte sich den Aufent-
haltsräumen des medizinischen Personals. Die Nachtschwester im Glaskasten hob nicht einmal den Kopf,
als Girona das Zimmer betrat.

Er schloß leise die Tür. Sein Blick fiel auf die Reihe
von Spinden, in denen er die Kleider der Ärzte und
Schwestern vermutete. Er behielt recht. Im letzten
Schrank fand er, was er suchte. Rasch zog er sich einen
weißen Kittel an, knöpfte ihn zu und legte sich eine
aus Gaze gefertigte Gesichtsmaske um. Den Revolver
schob er in die Außentasche. Selbstsicher verließ er
den Raum, senkte den Kopf und ging schnellen Schrit-
tes am Glaskasten vorbei.

Die Schwester hob den Kopf, warf einen Blick auf
den vermeintlichen Arzt und versenkte sich wieder in
ihre Medikamentenliste.

Girona betrat den Gang der Intensivstation. Er sah
jetzt drei Beamte, die sich leise miteinander unterhiel-
ten. In einem von ihnen erkannte er Phil Decker, der
dabei war, sich eine Zigarette anzuzünden. Ruhig, als
gehörte er zum Personal des großen Krankenhauses,
strebte er dem Operationssaal zu. Das nicht einge-
schaltete rote Licht über der Doppeltür sagte ihm, daß
im Augenblick nicht operiert wurde.

Er riß einen Flügel auf und befand sich im nächsten
Augenblick in dem großen, weißgekachelten Saal, in
dem nur eine Notbeleuchtung eingeschaltet war.

Die Tür fiel ins Schloß. Girona orientierte sich. Links
und rechts bemerkte er breite Türen. Die rechts mußte
der Durchgang zur Intensivstation sein, auf der Izquierda lag. Girona ging darauf zu. Seine Hand umklammerte den Revolver.

Er erreichte die Tür. Seine Linke streckte sich nach
dem Türknopf aus. Er umfaßte ihn und drehte ihn
herum. Die Tür sprang auf. Das matte Licht der Intensivstation fiel in den Operationssaal. Medizinische

Apparate summten vor sich hin. Der leise Piepston der Herzkontrollgeräte jammerte in den Ohren des Killers. Er zog die Augen zu schmalen Schlitzen zusammen und atmete tief durch.

Eine Schwester stand über einen Patienten gebeugt, der im grünlichen Licht eines Sichtschirms wie tot dalag. Weiße Binden machten sein Gesicht unkenntlich. Nur die Augenpartie war frei.

Der Schwerverletzte starrte ohne Bewußtsein gegen die Decke.

Die Schwester regulierte den Tropf, richtete sich auf und trug etwas in ihre Liste ein.

Girona verharrte regungslos. Er war eiskalt. Sollte die Schwester auf ihn aufmerksam werden, würde er die Rolle eines Arztes spielen und sie blitzschnell töten.

Die junge Frau, deren Haar unter einer weißen Haube verborgen war, entdeckte den Killer nicht. Unhörbar schritt sie durch den Wirrwarr der Apparate und verschwand hinter einem Stellschirm.

Girona schloß die Tür.

Er huschte auf den Schwerverletzten zu, warf einen Blick auf die Datenkarte am Fußende des Bettes und wußte, daß es sich nicht um Izquierda handelte. Er ging weiter. Lautlos wie eine Katze bewegte er sich durch den großen Raum, der durch Stellwände in mehrere Abteile aufgeteilt war. Eine künstliche Lunge pumpte zischend Blut in den Körper eines Unfallopfers. Am Kopfende des Saals war eine Uhr angebracht, auf der der rote Sekundenzeiger stotternd seine Runden tickte.

»Schwester!«

Girona zuckte unter der krächzenden Stimme des Mannes zusammen und trat blitzschnell hinter zwei nebeneinanderstehende Sauerstoffflaschen. Sein Herz raste. Er hörte ein Rascheln, dann die Stimme einer Frau: »Nicht aufrichten, Mr. Izquierda! Die Bewegung könnte Ihnen schaden.«

»Ich habe Durst, Schwester.«

»Einen Augenblick bitte, Mr. Izquierda . . .« Gläser klirrten. Dann gluckerte eine Flüssigkeit in ein Gefäß. Gironas Brust hob und senkte sich. Er behielt den Wandschirm im Auge, hinter dem er die Schwester und Izquierda wußte – sein Opfer.

»Danke«, sagte der Mann. »Wie spät ist es, bitte?«

»1.35 Uhr, Mr. Izquierda. Ich glaube, Sie sollten jetzt schlafen.«

Ein Glas klirrte auf gläserner Unterfläche. Deutlich erklang ein tiefes Stöhnen. Dann kam die Stimme Izquierdas wieder: »Ich glaube nicht, daß ich jetzt schlafen sollte, Schwester. Ich muß den G-man sprechen, der hier war. Ist er noch im Hause?«

»Sie meinen Mr. Decker?«

»Ja, Schwester. Bitte, sagen Sie ihm, daß ich ihn sprechen will! Bitte!«

Girona hatte das Gefühl, als flösse gehacktes Eis durch seine Adern. Seine Hand umkrallte den Revolver. Er preßte die Lippen zusammen.

»Ich benachrichtige den Beamten«, sagte die Schwester.

Girona setzte sich in Bewegung. Er huschte auf den Wandschirm zu.

Die Schwester verließ das Bett des Attentatsopfers.

Girona blieb hinter einem flackernden Kontrollgerät stehen. Er spähte auf den Ausgang. Er sah den Rücken der Schwester, sah ihre linke Hand, die sich auf die Türklinke zu bewegte. Sein Herz raste. Er trat nach links auf das Kopfende des Bettes zu, in dem Izquierda lag.

Er sah den schwerverletzten Patienten, das spitze Gesicht und die scharf hervorspringende Nase, in der Schläuche steckten. Auf dem Rolltisch neben dem Bett standen mehrere Apparate, deren Mattscheiben grünlich flimmerten. Dem Killer war klar, daß es nicht ausreichte, Izquierda von der Versorgung abzuschneiden. Er mußte den Mann gewaltsam töten.

Sein Blick fiel auf eine Besteckschale. Er entdeckte die lange, spitze Schere. Er trat vor. Er umfaßte das mörderische Werkzeug.

In diesem Augenblick stöhnte Izquierda auf.

Girona fuhr herum.

Er sah die Augen seines Opfers. Weitaufgerissene Lichter, in denen Panik blühte. Der Mund des Mannes klaffte auf. Röchelnd kam die wie zerkratzt wirkende Stimme.

Girona hob den Arm mit der Schere und visierte das Herz des Patienten an.

Die Eingangstür wurde aufgestoßen. Im Licht erschien der Schatten eines großen Mannes. »Bitte, Mr. Decker«, sagte die Schwester.

Gironas Arm hing in der Luft. Er sah den G-man. Er sah, wie Phil Decker ruckartig stehenblieb und seine Rechte im Ausschnitt der Jacke verschwand.

Die Hand mit der Schere fuhr hinab.

Girona spürte, wie der Stahl in seiner Hand Widerstand fand. Er ließ ihn los. Seine Rechte fuhr aus der Kitteltasche. Sein Revolver brüllte auf und grellte Mündungsfeuer in den Saal.

Phil Decker warf sich zur Seite.

Girona lief geduckt los.

Die Schwester rannte auf das Bett ihres Patienten zu.

Phil sprang vor und jagte dem Killer nach, der zwischen Apparaten untertauchte. Sein Gesicht wirkte bretthart. Die Lippen waren ein dünner Strich. Er sah acht Meter vor sich eine Bewegung und erkannte die breite Tür zum Opferationssaal, die plötzlich aufgestoßen wurde. Ein Körper huschte durch die Öffnung.

Phil riß seine Waffe hoch. Sein Finger krümmte sich um den Abzug. Doch er schoß nicht. Er konnte nicht abschätzen, wo die Kugel einschlagen würde. Er wußte nicht, was sich hinter der breiten Tür verbarg. Ob sich dort Patienten befanden, die gefährdet würden, wenn er schoß. Er stieß eine Verwünschung aus und jagte geduckt weiter.

Eine Tür schlug. Schreie klangen auf. Phil erreichte den Operationssaal und witterte in den Raum.

Der Killer hatte bereits den Haupteingang erreicht und rannte auf den Gang. Seine Absätze knallten auf dem steinernen Untergrund. Eine Schwester stieß einen schrillen Schrei aus. Der Killer jagte auf die breite Treppe zu.

Phil sah das Gesicht. Girona! schoß es ihm durch den Kopf. Also hatte der Killer den Mordversuch an Izquierda nun vollenden wollen! Ein Zeichen dafür, daß der Verletzte auf der Intensivstation ungeheuer wichtig zu sein schien.

Phil schlitterte in den Gang. An der Wand stand mit erhobenen Händen und verzerrtem Gesicht eine Schwester. Von links stürmten Joe Brandenburg und der Wachmann des Krankenhauses heran. Beide hatten ihre Waffen in den Fäusten.

Girona drehte sich im Lauf herum. Sein Revolver spuckte Feuer und Blei. Der Abschlußknall rollte durch das Gebäude. Die Kugel fetzte dicht neben Phils Kopf Putz aus der Wand.

Phil nahm keine Rücksicht auf sich. Er rannte weiter. Im Laufen rief er Joe Brandenburg zu: »Nimm die Nottreppe, Joe, und versuche, den Killer unten in der Halle abzufangen!«

Joe nickte. Er wandte sich nach rechts auf den Glaskasten der Nachtschwester zu, wo sich die zweite Treppe und der Aufzug befanden. Phil erreichte die Haupttreppe.

Girona war nicht mehr zu sehen. Nur das Geräusch seiner Schuhe klang stakkatoartig auf.

Phil nahm sechs Stufen auf einmal. Auf dem ersten Treppenabsatz verlor er das Gleichgewicht und prallte gegen die Mauer. Er stürzte, raffte sich wieder auf und setzte die Verfolgung fort.

Als er die nächste Etage erreichte, war von Girona nichts mehr zu sehen. Phil blieb stehen. Seine Augen waren schmale Schlitze. Er war sicher, daß Girona sich noch in der Abteilung befand. Nur wo, war die Frage.

Langsam setzte sich der G-man in Bewegung. Von oben hastete der Wachmann des Krankenhauses heran. Neben Phil blieb er stehen. »Haben Sie 'ne Ahnung, was passiert ist, Mr. Decker?«

»Der Killer ist los!« sagte Phil hart. »Und wir müssen alles tun, um ihn einzufangen.«

In der Sekunde, als das letzte Wort ausgesprochen war, sah Phil die Bewegung. Eine Tür wurde aufgestoßen. Herausgeschoben wurde eine vor Schreck bleiche Dame von etwa 50 Jahren, deren Augen von Panik geweitet waren. Hinter ihr stand Henry Girona. Er preßte der angstgelähmten Frau seine Waffe an die Schläfe und zischte dem G-man zu: »Mach keinen Fehler, Bulle! Wenn du auch nur einen Versuch machst, lege ich die Tante hier um! Die Waffe runter!«

Phil schluckte.

Der Wachmann stöhnte unterdrückt auf. Er warf einen Blick auf Phil. Dann riß er seinen Revolver hoch.

Girona zögerte keine Sekunde. Sein Revolver schwang herab. Er zog durch. Der Wachmann wurde von der Wucht der Kugel gegen die Treppenstufen geschleudert und blieb dort mit verrenkten Gliedern liegen.

Phil sprang nach rechts auf die hinabführende Treppe zu. Die Kugel des Killers jagte über ihn hinweg

71

und klatschte gegen das stählerne Treppengeländer, um von dort sirrend abzuprallen.

Girona stieß die Frau von sich. Er jagte in den Gang. Er riß eine Tür auf und verschwand in einem Zimmer.

Phil erhob sich. Seine Augen waren wie Stahl. Er sah Joe Brandenburg, der aus dem Aufzug sprang, und rief ihm zu: »Er steckt in dem offenen Zimmer, Joe!«

Von unten kam ein Arzt herauf. Der Mediziner entdeckte den niedergeschossenen Wachmann und kümmerte sich um ihn.

Phil und Joe nickten sich zu. Sie waren beide entschlossen, dem Killer Girona endlich das Handwerk zu legen. Mit gezogenen Waffen rannten sie auf das Zimmer zu, in dem der mörderische Gangster untergetaucht war.

Sie waren heran.

Sie bauten sich links und rechts von der Tür auf. Sie lauschten. In ihren Ohren rauschte das Blut. Ihre Gesichter waren grimmig und zeigten eine tödliche Entschlossenheit.

»Girona!« rief Phil dem Killer im Zimmer zu. »Du hast nur noch dann eine Chance, wenn du mit erhobenen Händen herauskommst!«

Keine Antwort.

Joe und Phil sahen sich an. Phil deutete mit dem Kinn auf die Tür. Dann flüsterte er: »Okay, Joe, versuchen wir es! Gib mir Feuerschutz.«

Joe nickte.

Phil trat drei Schritte zurück. Seine Hand umklammerte den Revolver. Er spannte die Muskeln. Und dann lief er los, bereit, sein Leben zu wagen, um den Mann, der mehr als ein Dutzend Morde begangen hatte, niederzukämpfen.

Ich fiel. Mein Körper torkelte durch die Luft. Tief unter mir sah ich verschwommen die Konturen einer Fluß-landschaft, die sich immer schneller um mich drehten.

Ich wußte genau, daß sie mich aus dem in großer Höhe fliegenden Flugzeug gestoßen hatten. Ich wußte, daß ich nur noch Sekunden zum Leben hatte, denn ich trug keinen Fallschirm. Mein Schicksal war, irgendwo da unten zu zerschellen.

Mein Stöhnen klang mir wie ein Orkan in den Oh-ren. Verzweifelt versuchte ich zu erkennen, wie spät es war. Ich drehte den linken Arm, der sich nur schwer bewegen ließ, und entdeckte das Zifferblatt. Der kleine Zeiger stand dicht vor der 9. Ich begann zu schreien. »Nein! Nicht schießen!« Ich sah das Mäd-chen. Ich sah die Soldaten, die ihre Gewehre durchlu-den. Ich sah den Offizier, der die rechte Hand hob, in der er einen blitzenden Säbel hielt. Jede Sekunde mußte sie herunterfallen. Die Soldaten würden ab-drücken und dem Leben Juana Lopez' ein Ende ma-chen.

Und sie war unschuldig!

»Nein, nein! Nicht schießen!« brüllte ich, bis ich das Gefühl hatte, meine Lungen platzten. Mein Körper war in Schweiß gebadet. Wie durch Watte kam die müde, baßartige Stimme: »Nur Ruhe, niemand wird schießen, Mr. Cotton!«

Ich riß die Augen auf. Verschwommen erkannte ich den Oberkörper eines Mannes, der sich über mich beugte. Das grelle Licht einer Lampe blendete meine Augen. Ich sog den Atem tief in mich hinein. Ich be-griff, daß ich in einer kleinen Arztpraxis lag. Ich riß den linken Arm hoch und starrte auf das Ziffernblatt meiner Uhr.

2.55 Uhr.

»Ist es Nacht?« fragte ich heiser und mit schwerer Zunge.

»Es ist Nacht, Mr. Cotton. Und Sie brauchen nichts zu befürchten. Hier ist kein Mensch, der die Absicht hat, auf Sie zu schießen.«

»Meine Maschine!« lallte ich.

Der Mann mit der wie gegerbt wirkenden Gesicht schüttelte den Kopf. »Ihre Maschine ist abgeflogen, Mr. Cotton. Sie werden, wenn Sie unbedingt wollen, die nächste nehmen müssen. Um elf Uhr morgen.«

Ich richtete mich auf. Mein Schädel dröhnte. Vor meinen Augen drehten sich grelle Farbkleckse. Ich leckte mir über die Lippen und wußte plötzlich, daß man mich mit K.-o.-Tropfen lahmgelegt hatte. Diese schwarzhaarige Frau im Seidencape mußte mir irgendein Mittel in den Kaffee geschüttet haben!

Und meine Maschine war abgeflogen!

Juana Lopez würde sterben!

Ich rieb mir die Stirn. »Ich kann nicht warten«, sagte ich hart. »Ich muß einen Weg finden, um nach San Pedro Sula zu kommen. Sofort!«

»Ruhen Sie sich erst einmal aus, Mr. Cotton! Das ist wichtig!«

Ich glitt von der Liege. Erst jetzt entdeckte ich einen britischen Offizier, der kurze Leinenhosen und darüber eine Khakibluse trug. An seinem Gürtel baumelte ein schwerer Revolver.

»Nichts ist wichtiger als mein Auftrag«, sagte ich entschlossen. Ich wandte mich an den Major. »Ich brauche eine Maschine!«

Er verzog die Lippen. »Da wird sich vor Morgen nicht viel machen lassen, Sir.«

»Es muß, Major. Es geht um das Leben einer jungen Frau.« Ich jagte meine erklärenden Worte hinaus.

Der Offizier runzelte die Stirn. »Fürchterlich«, sagte er näselnd und im reinsten Oxford-Englisch. »Aber da wird sich dennoch nicht viel machen lassen. Ich wüßte wenigstens keine Lösung, Mr. Cotton.«

»Hier wird es doch Privatmaschinen geben?«

»O ja, Sir. Aber . . .«

»Der Preis spielt keine Rolle«, stieß ich hervor. »Sie müssen doch eine Liste der Besitzer von Maschinen haben, nicht wahr?«

Der Offizier spitzte die Lippen, als wolle er ein Liedchen pfeifen. Schließlich sagte er: »Ja, wir haben wohl derartiges. Wenn Sie mir folgen wollen?«

Der Flughafenarzt schüttelte den Kopf. Aber er schwieg und blieb mir mit seinen Sorgen vom Halse.

2.59 Uhr.

Wir verließen die Notarztstation und gelangten in die Flughafenhalle.

»Es wird nicht leicht sein, eine entsprechende Maschine zu finden«, sagte Mr. Brian O'Riley, der Offizier. »Was hier steht, sind kleine Kisten, die kaum die Strecke schaffen werden.«

»Notfalls kann man zwischenlanden«, sagte ich.

»O ja, das könnte man. Nur ist die Frage, ob wir einen Mann finden, der bereit ist, Sie zu fliegen.«

Ich faßte nach dem Arm des Offiziers. »Ich brauche keinen Piloten. Wenn ich eine Maschine bekomme, ist mein Problem gelöst.«

Der Offizier blieb stehen. »Sie haben eine Lizenz?«

»Inklusive Instrumentenflug«, sagte ich.

Der Offizier nickte. Er kämpfte einige Sekunden lang mit sich, um dann entschlossen zu sagen: »Okay, ich werde Ihnen helfen, Mr. Cotton. Zwar werde ich fürchterliche Schwierigkeiten bekommen, aber da es um das Leben einer jungen Frau geht, ist sozusagen Notstand angesagt. Die britische Army hat hier auf dem Feld eine Beech Kingair A 250 stehen. Soviel ich weiß, läßt der Vogel sich von einem Mann fliegen. Sie können die Maschine haben.«

Mir fiel ein Stein vom Herzen. Den Typ von Flugzeug kannte ich. Ich hatte ihn mehrmals in der Luft gehabt und wußte, daß er gutmütig war und tatsächlich ohne Copilot zu halten war.

»Gehen wir!« bat ich.

»Nur eine Sekunde noch!« gab Major O'Riley zurück. »Ich sage nur meinem Stellvertreter Bescheid, daß ich Sie nach San Pedro Sula begleite.«

Ich schluckte. Der Mann, der steif wie eine englische Gouvernante gewirkt hatte, schien aus dem rechten Holz geschnitzt. Er zwinkerte mir zu. Eine Minute später wußte sein Stellvertreter Bescheid. Die Tatsache, daß wir eine Regierungsmaschine zweckentfremdeten, nahm er mit einem Augenzwinkern hin. Wir verloren keine Zeit.

Eine Minute später kletterten wir in die Maschine. Ich drehte den Schlüssel. Die Instrumente leuchteten auf. Mit einem Blick orientierte ich mich, schaltete die Zündung ein und ließ den linken Jetpropmotor kommen. Als er warmlief, knatterte der rechte los. Ruhig drehten sich die Propeller. Mr. O'Riley nahm über Funk Kontakt zum Tower auf und meldete einen Dienstflug an. Wenig später kam das Okay zum Takeoff.

Die Maschine rollte an. Ich stülpte mir die Kopfhörer des Funkgeräts über. Über sie kam die Anweisung die B-Startbahn zu benutzen. Ich bremste in der Startpostition und bekam dann die Erlaubnis, den Vogel in die Luft zu heben.

Ich schob die Gashebel nach vorn, blieb aber auf der Bremse, bis sich der Schub entwickelt hatte. Dann nahm ich den Fuß vom Pedal. Durch die Maschine ging ein Zittern. Ganz langsam rollte sie an, wurde schneller und schneller, bis die violetten Begrenzungslichter der Startbahn zu einem blitzenden Strich wurden. Ich zog den Flieger hoch und drückte den rotleuchtenden Hebel, mit dem das Fahrwerk eingezogen wurde.

3.11 Uhr.

Major O'Riley reichte mir die Bordkarten.

Die Kingair kletterte. Ich atmete auf und steckte auf der Karte den Kurs ab. Über den Tower kam die Flughöhenanweisung. Ich ging auf 6000 Fuß und schaltete den Autopiloten ein. Dann gab ich den Kurs ein und lehnte mich zurück.

»Danke, Major«, sagte ich mit dem Gefühl, in letzter Sekunde gerettet worden zu sein.

O'Riley hob die Schultern. »Keine Ursache, Sir«, gab er ein wenig steif zurück. Aber in seinen Augen, die im matten Licht der Instrumentenbeleuchtung schimmerten, erkannte ich, daß es ihn ungeheuer viel gekostet haben mußte, die Dienstverletzung zu begehen. Ich nahm mir vor, seinen Vorgesetzten klarzumachen, daß dieser Mann so etwas wie eine Heldentat vollbracht hatte.

Ich reichte O'Riley meine Zigarettenpackung. Er griff zu, während unter uns unendlich weit das Meer auftauchte.

V

Girona fluchte, als er die Gitter vor dem Fenster sah. Sekundenlang jagten Angstwellen durch seinen Körper. Er begriff plötzlich, daß das Ende seiner Laufbahn gekommen war. Mit eiserner Willenskraft bezwang er die Furcht, die ihn geschüttelt hatte. Sein Atem ging zwar immer noch schnell, aber er war kalt bis unter die Haarspitzen. Er marterte sein Gehirn, um einen Ausweg aus der Lage zu finden.

Er stand zwischen den beiden Fenstern. Seine Rechte umklammerte die schwere Waffe. Der einzige Weg, der ihm blieb, war der durch die Tür. Dort aber, das wußte er, warteten die G-men darauf, ihn zu fassen. Ein Ausbruch konnte nur tödlich enden.

Sich verhaften lassen?

Girona schüttelte den Kopf. Nein, das bedeutete das Ende. Kein Gericht der Vereinigten Staaten würde ihn je wieder laufenlassen, selbst dann nicht, wenn eine Kaution in Millionenhöhe gezahlt werden würde. Der FBI hatte genügend Beweise, um ihn festzunageln. Es gab nur einen Weg: sich freizuschießen.

Er hörte an der nur angelehnten Tür ein Geräusch. Es war eine Stimme. Er preßte die Lippen aufeinander. Er ahnte, daß die G-men jeden Augenblick in das Materialzimmer stürzen würden, um ihn niederzukämpfen. Er löste sich von den Fenster und huschte auf die Tür zu.

Wenn die Beamten ins Zimmer stürzten, mußte er sie überraschend von hinten packen.

Gironas Finger spannte sich um den Abzug seiner Waffe. Dicht neben der Tür verharrte er. Sein stoßweiser Atem war flach und nicht zu hören. Sein Herz schlug schnell und hart. Der Killer wußte, daß es für ihn um alles ging. Wie ein in die Enge getriebenes Raubtier fühlte er sich. Und wie ein Raubtier wollte er um sich schlagen.

Er hatte keine Zeit, sich weitere Gedanken zu machen. Die Tür flog zurück, knallte gegen die Wand und ließ den Gangster zusammenzucken. Phil flog wie ein Schatten in den Raum, prallte gegen einen Tisch und rollte sich ab. Seine Blicke suchten den Gegner. Die Waffe in seiner Faust war schußbereit.

Girona fuhr herum. Er sah den großen FBI-Agenten. Die Schußhand senkte sich. Ohne Warnung jagte er seine Kugel hinaus.

Phil sah den Schatten. Im gleichen Augenblick spürte er den Einschlag des Projektils an seiner rechten Schulter. Eine Schmerzwelle zuckte in ihm auf. Er sah den Schatten neben der Tür und warf sich zurück. Die zweite Kugel aus dem Lauf der Gangsterwaffe fegte Millimeter an seinem Kopf vorbei.

Er schoß.

Die Kugel jagte wirkungslos gegen die Wand.

Girona sprang vor. Aus der Bewegung drückte er ab. Phil hatte nicht die Kraft, seinen 38er zu halten. Das Geschoß des Killers prellte sie ihm aus der Hand.

In der nächsten Sekunde war Girona bei ihm. Er riß den G-man hoch, stieß ihm den Lauf seiner Waffe vors Gesicht und rief heiser: »Das war deine letzte Aktion, Bulle, wenn du nur einen falschen Wimpernschlag machst! Hoch mit dir!«

Phil preßte die Lippen zusammen. Wie ein Anfänger war er dem cleveren Gangster in die Falle gelaufen. Er hätte wissen müssen, daß man einem Mann vom Kaliber dieses Girona nicht so kommen konnte!

Der war mit allen Wassern gewaschen und um keinen Preis bereit, sich überwältigen zu lassen. Leben oder Tod, das war die Devise des Gangsters. Er würde eher draufgehen, als für den Rest seines Lebens im Zuchthaus zu schmoren.

Der Gangster riß Phil hoch. Blut spritzte auf den gekachelten Boden des Materialzimmers. Girona schob Phil vor. Eiskalt befahl er: »Wir gehen jetzt spazieren, Bulle. Wir verlassen das Zimmer. Ich weiß, daß du draußen Kollegen hast. Aber ich weiß auch, daß ich keine Sekunde zögern werde, dich umzubringen, wenn sie was versuchen. Hast du verstanden?«

»Du wirst nicht weit kommen, Girona! Was immer du anstellst, es wird nicht gelingen.«

Der Gangster lachte leise auf. »Warten wir's ab, Bulle!«

Phil verlor Blut. Seine Wunden brannten. Mehr aber noch schmerzte ihn die Tatsache, daß er sich hatte überwältigen lassen. Draußen im Gang wußte er Joe Brandenburg. Er betete darum, daß sein Kollege keine Rücksicht auf ihn nehmen würde.

Girona dirigierte den G-man auf den Durchgang zu. Dicht davor blieb er stehen. Den Finger am Abzug, rief er in den Flur: »Ich komme jetzt raus, Bullen! Ich habe euren Kollegen fest im Griff. Er hat meine Kanone vor Augen. Ich sage euch, daß ich sofort schieße, wenn einer von euch eine verdächtige Bewegung macht. Ich habe nichts zu verlieren, habt ihr begriffen?«

Phil stöhnte auf, als der Killer ihm ein Knie in den Rücken stieß. Er setzte sich in Bewegung. Links in einer Türnische stand Joe, der seinen Revolver schußbereit in der Hand hielt.

Girona entdeckte den FBI-Mann. Er schüttelte den Kopf: »Laß die Kanone fallen, Bulle, wenn du nicht willst, daß der Lange hier eine Kugel in den Kopf bekommt!«

Phil und Joe wechselten einen Blick. »Schieß!« sagte Phil.

Joe Brandenburg schluckte. Er sah den Blick Phils,

der darum bat, keine Rücksicht zu nehmen. Sein 38er kam hoch. Die Mündung richtete sich auf Girona.

Der Killer spürte es trocken in der Kehle, während es ihn heiß überlief. Hatte er sich verrechnet? War dieser hochgewachsene FBI-Agent, den er in seine Gewalt gebracht hatte, wirklich bereit, sein Leben zu opfern, um ihn, den Killer, unschädlich zu machen! Und war sein Kollege fähig, das Spiel durchzuziehen, obwohl er sicher sein konnte, daß auch sein Freund getötet würde?

»Keine Rücksicht, Joe!« rief Phil beschwörend. »Er darf keine Chance haben!«

Joe Brandenburg spürte sein wildschlagendes Herz. Es war eine fürchterliche Entscheidung, die er zu treffen hatte. Gab er dem Willen Phils nach, war dessen Leben verwirkt. Wenn nicht . . . Mußte nicht damit gerechnet werden, daß Girona den Kollegen so oder so umbrachte?

Phil schien den gleichen Gedanken gehabt zu haben. Ruhig, als befände er sich bei einem Plausch auf einer Party, sagte er: »Es macht keinen Unterschied, ob ich jetzt oder einige Minuten später sterbe, Joe. Schieß!«

Girona begann zu schwitzen. Der Schweiß lief ihm in Bächen über die Stirn. Seine Gedanken jagten sich. Wenn er seine Waffe von seiner Geisel wegnahm, würde Joe Brandenburg die Sekunde nutzen, um ihn niederzuschießen. Er hatte nur dann eine Chance, wenn sich sein Faustpfand als das erwies, was er von ihm erwartet hatte.

Joe zögerte immer noch. Durfte er seinen Kollegen opfern? War es wirklich sicher, daß Phil keine Chance mehr hatte, wenn Girona ihn als Geisel mitnahm? Würde Girona schießen?

Die Sekunden vertropften. Es war die Hölle, die Joe Brandenburg zu durchstehen hatte. Denn schon jetzt

fühlte er sich für den möglichen Tod des Kollegen verantwortlich.

Gironas Augen flackerten.

Phil drehte sich leicht nach hinten. Er roch das Waf-
fenöl, mit dem der Lauf der Killerwaffe benetzt war. Er
sah Joe und seine Anspannung. Er sah eine hauchdünne Chance.

Mit aller Kraft riß er den Kopf zurück. Sein Schädel
prallte gegen die Stirn des Killers. Girona schrie auf.
Grelle Lichter tanzten vor seinen Augen. Reflexartig
zog er durch.

Die Waffe in seiner Faust bäumte sich auf. Doch Phil
hatte sich von ihr befreit. Die Kugel klatschte gegen
die Decke.

Joe sprang vor. Der Killer stieß Phil von sich.

Joe feuerte. Girona knickte ein.

Phil fing sich, warf sich herum und sah dicht vor
sich Gironas Waffe. Er riß das rechte Bein hoch und
prellte sie dem Gangster aus der Hand.

Girona stöhnte auf.

Joe war heran. Er knallte Girona den Lauf seines
38ers gegen die Schläfe.

Girona brach zusammen und rührte sich nicht
mehr.

Phil atmete schwer. »Himmel, das war knapp«,
sagte er plötzlich hundemüde. »So verdammt knapp.
Nagle ihn fest! Ich muß mich um Izquierda kümmern.«

Er lief los, obwohl er verwundet war. Die Pflicht bedeutete ihm mehr als sein Wohlergehen. Joe blickte
ihm nach. Er sah die Blutspur, die sein Kollege hinter
sich herzog.

Er legte Girona die Stahlarmbänder an.

5.07 Uhr morgens.

Vor meinen Augen drehten sich rote Kreise. Meine Glieder waren bleischwer vor Müdigkeit. Ich konnte mich trotz der Unmengen an Kaffee, die ich in mich hineingegossen hatte, kaum auf den Beinen halten.

Ich starrte durch die Scheiben des Flughafens, sah die Kingair verschwommen auf dem Flugfeld und spürte Major O'Riley neben mir, der Bewundernswertes in der Luft geleistet hatte, um mich wach zu halten. Besorgt wie ein irisches Kindermädchen hatte er immer wieder Kaffee aus dem Thermosbehälter geholt und mir hingehalten. Er hatte mir Zigaretten zwischen die Lippen geschoben und eine Menge Witze erzählt – alles, weil er verdammt genau gewußt hatte, daß mir die Augen sonst zufallen würden.

»Schlechte Nachrichten?« fragte er, als ich den Hörer auf die Gabel zurücklegte und leise aufstöhnte. Ich sah ihn an, sein mageres, ehrliches Gesicht mit den treuen Augen. Ich nickte. »Meinem Freund geht es schlecht«, murmelte ich. »Er ist von einem Killer angeschossen worden und liegt ohne Bewußtsein im Krankenhaus.«

Er legte mir eine Hand auf die Schulter. Die Berührung tat gut. Sie konnte mir aber nicht über die schweren Gedanken hinweghelfen. Joe, den ich im Bellevue Hospital erreicht hatte, hatte mir von der Festnahme Gironas berichtet. Aber auch davon, daß es dem Killer gelungen war, an Izquierda heranzukommen. Zwar hatte er es nicht geschafft, den Mann zu töten, aber es ging unserem wichtigen Zeugen schlechter. Die neue Stichverletzung hatte ihn in eine tiefe Bewußtlosigkeit zurückgeworfen. Dann hatte es Phil böse erwischt. Er war vor den Augen der Ärzte aus den Schuhen gekippt. Die beiden Kugeln, die Girona auf ihn abgefeuert hatte, waren zuviel gewesen. Er hatte eine Menge Blut verloren. Es stand schlecht um ihn.

Aber nicht nur um ihn. Auch um Juana Lopez. Washington hatte trotz der neuen Lage keinen Aufschub durchdrücken können. Die Behörden hier hatten darauf bestanden, den Zeugen – also mich – hören zu wollen. Sie hatten klar zu erkennen gegeben, daß die Hinrichtung der jungen Frau stattfinden würde, wenn ich nicht rechtzeitig auftauchte.

»Tun Sie Ihr Bestes, Jerry!« hatte Mr. High, unser Chef, mich am Telefon beschworen.

Ich hatte es versprochen. Aber mein Bestes war eben nicht gut genug, um das Mädchen herauszuholen. Ich hatte es nicht geschafft, einen Helicopter zu mieten oder jemand zu bewegen, mir einen zur Verfügung zu stellen. Sie hatten abgewinkt und davon gesprochen, daß die einzige Maschine, die auf dem Flugfeld stand, repariert werden müsse. »Wenn Sie bis heute mittag warten können, Senõr?«

Unmöglich. Ich hatte Zeit bis kurz vor neun. Wenn ich bis dahin die Strecke bis Quimistán nicht schaffte, war Juana Lopez verloren.

»Kann ich Ihnen irgendwie helfen, Jerry?« fragte Major O'Riley leise.

Ich schüttelte den Kopf. »Ich habe noch knapp drei Stunden«, sagte ich. »Und bis Quimistán sind es noch 100 Kilometer.«

»Mit einem Wagen wäre das zu schaffen.«

»Das ist meine Hoffnung«, sagte ich und nahm meine Reisetasche auf. O'Riley sah mich an. Ich las es an seinen Augen ab, daß er mich gern begleitet hätte.

Aber, fragte ich mich, hatte das einen Sinn? Nein, stellte ich für mich fest. Ich reichte diesem aufrechten englischen Offizier die Hand. »Sie stecken selbst in der Kreide«, sagte ich. »Vielen Dank und auf Wiedersehen!«

Er nickte und legte die Hand an die verschwitzte Mütze. Ich drehte mich ab. Meine Absätze knallten über den Boden der Flughafenhalle. Ich zog die Schlüssel des angemieteten Toyota aus der Tasche und stieg wenige Minuten später in den alterschwachen Wagen ein.

Meine Gedanken waren bei diesem seltsamen Zwischenfall in der Cafeteria des Flughafens von Belize. Wer auch immer hinter den Verbrechen stand, die wir aufzuklären hatten, er mußte herausgefunden haben, daß ich nach Quimistán wollte, um den zuständigen Richter von der Unschuld Juana Lopez' zu überzeugen. Die Gangster hatten mir diese Frau auf den Hals gehetzt, die mich mit K.-o.-Tropfen niedergemacht hatte. Woher hatten die Kerle die Informationen?

Gab es bei uns in der Zentrale eine undichte Stelle? Waren die Gangster schon so weit, daß sie einen meiner Kollegen kaufen konnten?

Wen? Wer wußte von dieser Aktion?

Ich hatte keine Ahnung.

Ich wußte nur, daß diese Männer, die offensichtlich ein Superding durchführen wollten, die nötigen Mittel besaßen, um erneut gegen mich vorzugehen. Irgendwie ahnte ich, daß die Schwierigkeiten noch nicht überwunden haben. 100 Kilometer Fahrt auf einer üblen Straße, die teilweise nur ein wüster Dschungelpfad war, lagen vor mir. Für jeden Gegner war es einfach, mich dort anzugreifen, um zu verhindern, daß ich je Quimistán erreichte.

Ich tastete nach meinem 38er. Der kühle Stahl beruhigte mich in gewisser Weise, wenn er mir auch nicht die Sorgen nahm.

Ich fuhr schnell. Ich betete darum, daß die Karre, die ich gemietet hatte, durchhalten würde.

Und daß auf dieser Strecke niemand mit einem Gewehr lauerte, der den Auftrag hatte, mich in eine andere Welt zu befördern. –

Alger Boinestone wischte sich mit einem zerknüllten Papiertaschentuch über die schweißnasse Stirn und warf weitere Münzen in den Schlitz des Telefonapparats. »Es ist ganz sicher, Boß. Cotton ist um ziemlich genau fünf Uhr hier in San Pedro Sula mit einer Privatmaschine heruntergekommen. Eine britische Maschine, wie ich an den Kennzeichen gesehen habe. Er hatte keine Schwierigkeiten bei der Kontrolle. Jedenfalls ist er sofort in die Telefonzentrale gegangen und hat mehrere Auslandsgespräche geführt.«

»Und was macht er jetzt?« kam fragend der Baß, der von atmosphärischen Störungen verzerrt war.

»Er versuchte, einen Helicopter zu kriegen. Es klappte aber nicht. Jetzt sitzt er in einem hellgrauen Toyota, Boß.«

Über die Leitung kam ein Schnaufen. »Und was habt ihr hirnlosen Köpfe getan, um ihn an der Weiterfahrt zu hindern?«

Alger Boinestone grinste. »Alles, Boß. Wir haben dafür gesorgt, daß die Karre nach einigen Kilometern stehenbleibt. Dann ist Cotton im Dschungel und hat keine Möglichkeit, den Schaden zu reparieren. Ich bin sicher, er wird keinesfalls rechtzeitig in Quimistán ankommen.«

Der Mann am anderen Ende der Leitung schwieg einen Augenblick. »Sicher kannst du nie sein, Alger«, sagte er schließlich. »Sicher bist du nur, wenn du einem Kerl wie Cotton eigenhändig eine Kugel in den Schädel schießt und haargenau aufpaßt, daß er nicht wieder hochkommt.«

»Er hat nur noch knappe drei Stunden, Boß.«

»Und nur 100 Kilometer!«

»Aber er schafft es nicht. Ich habe dafür gesorgt, daß sein Wagen liegenbleibt. Die Zeit wird ihm wie Sand zwischen den Fingern zerrinnen.«

»Dennoch will ich, daß ihr ihn ausschaltet, Alger.

Sorge dafür, daß Cotton im Dschungel sein Grab findet! Legt ihn um! Hast du verstanden?«

»Habe ich, Boß.«

»Gut, dann tu deine Pflicht, Alger! Wenn du den Schnüffler unter die Erde gebracht hast, zahlen wir dir eine Sonderprämie. Du kriegst 20 000 Bucks extra.«

Alger Boinestone leckte sich über die Lippen. Seine bernsteingelben Augen wurden schmal. »Cotton ist schon so gut wie tot, Boß«, sagte er in die Muschel des Hörers. »Das ist ein Versprechen.«

»Hoffentlich kein Meineid, Alger. Melde dich, sobald du ihn geschafft hast!«

»Okay, Boß.«

Der Gangster legte auf. Seine Stirn glättete sich wieder. Er rieb sich über das Kinn und verließ dann die Zelle. Er stieg wenige Augenblicke später in einen hochbeinigen Landrover und zündete sich eine Zigarette an. »Fahr los, Renato!«

»Wohin?«

»Hinter Cotton her. Wir haben den Auftrag, den New Yorker Schnüffler aus der Welt zu schaffen.«

Renato nickte gleichmütig. Er startete den schweren Dieselmotor und legte den Gang ein. Ruckend fuhr das Geländefahrzeug an.

Alger Boinestone öffnete den Stahlkasten in seinem Rücken. Er nahm eine Beretta-MPi heraus und lud sie durch. »Wir machen mit dem Bullen kurzen Prozeß«, sagte er. »Es wird ohne Warnung geschossen.«

Der Wagen holperte auf die Verbindungsstraße nach Quimistán. –

Drei Stunden sind ein Dreck, wenn es darum geht, eine unschuldige Frau vor dem sicheren Tod zu retten. Sie sind ein Nichts, wenn du mehr als 100 Kilometer

Urwaldpiste vor dir hast und der Wagen, den du dir gemietet hast, schon nach zehn Kilometern den Geist aufgibt.

Ich stieg aus. Ich kochte vor Zorn. In den dichtbelaubten Bäumen lärmten unzählige Vögel. Moskitos starteten in ganzen Rudeln ihre Angriffe und zerstachen mir die Haut, um sich ihre Blutbeute zu holen. Und weit und breit nur dieser dichte, undurchdringliche Dschungel, der dir klarmacht, daß du in seinen Fängen hilflos und ohnmächtig bist . . .

Ich riß die Haube des klapprigen Toyota auf und starrte auf den vor Hitze knisternden Motor. Kein Windhauch in der stickigen Luft, nur diese unbarmherzige Tropensonne, die trotz ihrer flachen Stellung heiß war.

Öl- und Benzindunst schlugen mir entgegen. Der von der Batterie gespeiste Ventilator rotierte kreischend und sinnlos gegen die Hitze des Motors an. Ich stieß eine Verwünschung aus und beugte mich hinab. Ich war verzweifelt. Die Zeit wurde noch knapper. Ich hatte keine Aussicht auf Hilfe. Ich hörte ein Gluckern. War die Benzinleitung leckgeschlagen!

Der Tank des Wagens befand sich am Heck. Ich kroch unter das Fahrzeug und kontrollierte den Verlauf des dünnen Metallrohrs. In Höhe des Vorderachsentunnels fand ich die Stelle. Die Leitung war gebrochen. Der Treibstoff hatte bereits einen kleinen Krater in den staubigen Boden des Dschungelpfads gespült.

Ich atmete auf, weil ich wenigstens den Schaden aufgespürt hatte. Ich suchte nach einer Möglichkeit, ihn auch zu reparieren. Der Werkzeugkasten gab nichts her. Schließlich verfiel ich darauf, die Röhre mit einem dünnen Ast zu verschließen. Auf diese Weise verhinderte ich das weitere Auslaufen des kostbaren Sprits.

Mir fiel auf, daß die Kupferleitung so glatt wie mit einer Säge durchtrennt war. Ich sah genauer hin. Ein Zweifel war so gut wie ausgeschlossen. Irgendwer hatte sich an dem Wagen zu schaffen gemacht!

Meine Gegner wußten also, daß ich im Lande war!

Sie hatten den direkten Angriff auf mich unterlassen und es mit Sabotage des Wagens versucht. Ich war entschlossen, mich dennoch nicht hindern zu lassen.

5.31 Uhr morgens.

Noch 2 Stunden und 29 Minuten, bis Juana Lopez vor dem Erschießungskommando stehen würde . . .

Ich ballte die Fäuste. Ich mußte die Benzinleitung reparieren. Ich mußte einfach weiterkommen. Ich kroch unter dem Wagen hervor und durchsuchte den Kofferraum nach dem Erste-Hilfe-Kasten. Ich fand ihn unter einer Matte. Zum Glück war noch niemand auf den Gedanken verfallen, das für mich so kostbare Stück auf dem schwarzen Markt zu verscherbeln.

Mit wenigen Handgriffen legte ich der zerstörten Röhre sozusagen einen Notverband an. Ich preßte die Bruchstücke gegeneinander, stabilisierte sie mit zwei auseinandergebogenen Sicherheitsnadeln und rollte eine halbe Spule Heftpflaster darüber. Mir war klar, daß die Reparatur in Fachkreisen mehr als fragwürdig erscheinen mußte. Aber ich hatte keine andere Möglichkeit, das Problem zu bewältigen. Ich betete, daß die Sache hielt. Wenigstens bis nach Quimistán.

Der Motor kam nach dem dritten Start. Zwar hustete er einige Male vor sich hin, doch dann wurde sein Lauf ruhig. Ich legte den ersten Gang ein und fuhr an. Mir blieben noch 2 Stunden und 14 Minuten.

Vor mir lagen noch immer etwa 100 Kilometer und eine Piste, von der ich nicht wußte, wie sie beschaffen war und welche Überraschungen sie bot. Zu dieser frühen Morgenstunde war zum Glück mit nur wenig Verkehr zu rechnen.

Ich trat das Gaspedal der Mühle bis zum Trittbrett durch und nahm keine Rücksicht auf den Schlitten. Unter den Rädern wirbelte roter Staub empor und zog als langer Schleier hinter mir her. Ich starrte durch die Windschutzscheibe, um jedes Hindernis sofort zu entdecken. Ich war todmüde und sehnte mich nach einem Kaffee. Ich zündete mir eine Zigarette an und beobachtete immer wieder die Kontrollanzeigen, die mir jedoch sagten, daß alles in Ordnung war.

Die Leitung schien zu halten. Die Frage war nur: Wie lange noch!

Der Wagen fraß Kilometer um Kilometer der von tiefen Schlaglöchern zerrissenen Strecke, die durch dichtesten Urwald führte. Aber ich hatte keinen Blick für die Schönheiten am Rande des Weges. Ich war in Sorge um die Verurteilte. Ich dachte über diesen seltsamen Fall nach, in den wir hineingeraten waren.

Worum ging es?

Warum hatte man Juana Lopez in eine tödliche Falle gelockt und dafür gesorgt, daß diese junge Frau zum Tode verurteilt wurde? Was steckte dahinter? Die Tatsache, daß der berüchtigte Killer Enrique Girona im Spiel war, deutete auf eine große finanzkräftige Organisation im Hintergrund hin.

Die Mafia? Und wenn, aus welchen Motiven hatte sie dafür gesorgt, daß Juana in tödliche Bedrängnis geriet?

Hatte das mit ihrem Vater zu tun, der den wichtigen Präsidentenposten innehatte? Wollte man ihn treffen?

Und wenn, warum?

Was wurde gespielt? Leider besaßen wir zu wenige Informationen, um klarsehen zu können. Möglicherweise war Izquierda, der nur zweimal knapp Mordanschlägen entkommen war, bereit, ein umfassendes Geständnis abzulegen, das uns weiterhelfen konnte.

Daß Girona den Mund aufmachen würde, hielt ich für undenkbar. Der Mann war zu abgebrüht und hatte keine Skrupel. Er dachte nur an sich und daran, wie er möglichst heil aus der Sache heraukommen konnte. Nein, von ihm war keine Aufklärung zu erwarten.

Dennoch nahm ich mir vor, wenn ich wieder in New York wäre, Girona in die Mangel zu nehmen. Er hatte im Lagerschuppen, als er mir die Zeitbombe auf den Bauch heftete, einen Satz fallenlassen, der mir immer wieder durch den Kopf ging.

Juana Lopez sollte als Boß eines Rauschgifthändlerringes sterben, damit ihr Vater die anstehende Präsidentenwahl verlor.

Was steckte dahinter?

Die politischen Gegner des Mannes? Gab es auf der kleinen Karibikinsel einen Machtklüngel, der selbst vor einem solch entsetzlichen Verbrechen nicht zurückschreckte, wenn es darum ging, die politische Gewalt zu erringen? Hatten wir hier anzusetzen?

Was wußte Girona?

Was wußte Juana Lopez?

Die Zeit lief. Der Motor dröhnte unter der Motorhaube. Die Nadel des Temperaturanzeigers kletterte. Ich behielt sie im Auge, ließ aber den Fuß auf dem Gaspedal.

Noch rund 80 Kilometer – und knapp zwei Stunden, um das Mädchen zu retten.

Wenn man meine Aussage anerkannte!

Wenn man mir glaubte!

Wie würde der Richter reagieren, der es in der Hand hatte, die Vollstreckung aufzuschieben? Wie der Gouverneur der Provinz, wenn der Richter ein Einsehen hatte? Würde er nachgeben? Würde er die durch Funk, Presse und Fernsehen hochgespielte Hinrichtung stoppen oder auch aus politischer Rücksichtnahme nein sagen?

Ich war in tiefer Sorge. Ich stöhnte auf, weil ich wußte, daß auch dann, wenn ich es rechtzeitig schaffte, noch lange nicht alles gewonnen war. Ich hatte die schwere Aufgabe vor mir, diese Männer zu überzeugen. Würde ich das schaffen?

Mein Blick glitt über den Rückspiegel. Ich sah die Staubfahnen, die ich wie Schleppen hinter mir her zog. Ich sah die Sonne, die mich einen Augenblick blendete.

Und dann erkannte ich schemenhaft ein Fahrzeug, das scheinbar mit hoher Geschwindigkeit in meinen Spuren fuhr.

Ich glaubte mich zu täuschen und einer Einbildung erlegen zu sein. Ich kniff die Augen zusammen und starrte wieder auf die blanke Fläche neben meinem Kopf. Ich hatte mich nicht getäuscht. Deutlich erkannte ich die platte Schnauze eines Landrovers.

Ich war erleichtert. Sollte ich wieder einen Schaden haben, dachte ich, können die Leute im Landrover dir helfen. Solche Fahrzeuge sind für den Dschungeleinsatz gebaut und führen in der Regel ein ganzes Sortiment an Ersatzteilen und Werkzeugen mit sich. Notfalls kann der Bursche dich auch an den Haken nehmen, fügte ich in Gedanken hinzu.

Was mich wunderte, war, daß der Wagen hinter mir schneller wurde.

Ich blickte auf den Tacho des Toyota. Ich fuhr 90. Das hieß, der Landrover mußte mindestens zehn Kilometer schneller sein.

Ein tiefes Schlagloch riß mir fast das Lenkrad aus den Händen. Ich mußte mich wieder auf die mörderische Fahrbahn konzentrieren und achtete für einige Zeit nicht auf den Hintermann.

Die Straße machte einen Knick. Ich zog den Wagen hinein. Ich hatte den Scheitelpunkt der Kurve erreicht, als ich das Dröhnen des Landrovermotors links von mir hörte. Ich wandte den Kopf. Ich sah die hohen Aufbauten des Wagens, die staubbedeckte Karosserie, aber auch den breitgesichtigen Mann auf dem Beifahrersitz und – die Maschinenpistole, die er in dieser Sekunde über die Brüstung schob.

Mein Herz machte einen Sprung. Jäh begriff ich. Hilfe, die ich mir erhofft hatte, war nicht zu erwarten. Im Gegenteil, diese Leute waren gekommen, um endgültig Schluß mit mir zu machen!

Der Lauf der Schnellfeuerwaffe schwenkte auf mich zu. Staub jagte unter den Stollenreifen des schweren Geländefahrzeugs hoch. Das Gesicht des Killers verkrampfte sich.

Und dann drückte der Gangster ab.

Die Garbe fetzte heran. Die Kugeln stanzten das Blech der Toyotakarosserie. Ich riß das Steuer nach rechts. In den Augenwinkeln bekam ich mit, daß der Landrover heruntergebremst wurde. Das böse Knattern der Maschinenwaffe kam zum zweitenmal. Mein kleiner Toyota knallte in ein Schlagloch, wurde hochgehoben und raste dann auf den Stamm eines mächtigen Eisenholzbaums zu. Ich schrie. Es war die blanke Verzweiflung. Denn ich ahnte, daß mir jetzt jede Chance genommen war, Juana Lopez zu retten.

An mein eigenes Leben dachte ich in diesen Sekunden nicht. Vielleicht deshalb, weil ich es für unmöglich hielt, heil aus der Sache herauszukommen . . .

6.07 Uhr morgens.

Durch das Gitter fiel die grelle Morgensonne und warf scharfe Muster auf den zertretenen Betonfußboden der Zelle. Vom Gang her klangen Schritte.

Juana schrak hoch. Sie richtete sich auf und starrte auf die Gittertür.

Die Schritte wurden lauter.

Juana glitt von der Pritsche. Ihr Gesicht war kalkweiß. Sie wußte nicht, wie spät es war. Sie war sicher, daß sie nun geholt werden würde, um wenige Minuten später erschossen zu werden.

Juana blickte auf. Vor dem Gitter standen zwei Menschen. Ein Wärter und eine in einer grauen Uniform steckende Frau, die ein Wäschebündel im Arm hielt.

Der Wärter schloß auf. Die Frau trat ein. Der Wärter verriegelte die Tür. Er trat zurück und legte die rechte Hand auf den Kolben seines Revolvers.

Die Frau kam heran. Sie warf die Wäsche auf die Pritsche, musterte die Verurteilte kurz und sagte abweisend hart: »Legen Sie Ihre Kleider ab, und ziehen Sie diese dort an!« Juana schüttelte den Kopf.

»Doch, doch!« sagte die Uniformierte. »Sie werden es sonst unter Zwang tun müssen, wenn Sie jetzt nicht wollen. Es ist Vorschrift«, fügte sie kalt hinzu.

Juana verstand. Das weite weiße Kleid auf der Pritsche war das, in dem sie sterben sollte. Mit Abscheu und Entsetzen blickte sie darauf. Sie hatte das Gefühl, solange sie noch ihre eigenen Sachen trug, konnte das Unheil aufgehalten werden. Sobald sie aber die vom Staat gelieferten Todeskleider auf ihrer Haut hätte, würde es kein Zurück mehr geben. Dann erst war sie wirklich ausgeliefert und verloren.

»Bitte nicht!« sagte sie kaum hörbar. »Bitte!«

»Es ist Vorschrift«, wiederholte die Uniformierte, eine Frau von 40 Jahren. Sie bemühte sich, keine Regung zu zeigen, obwohl sie innerlich mit der Todeskandidatin litt.

»Läßt es sich nicht umgehen?«

»Nein. Bitte, gehorchen Sie meinen Anweisungen, Señorita Lopez!«

Juana nickte plötzlich. Es war zu Ende. Es gab keine Rettung mehr. Jede Hoffnung, die sie gehabt hatte und die sie nicht hatte schlafen lassen, war wie Staub verweht. Es galt, der bitteren Wahrheit ins Gesicht zu sehen. Was machte es da noch aus, ob sie eigene oder fremde Kleider trug? Sie knöpfte ihre Bluse auf.

Der Wärter auf dem Gang drehte sich um.

Sie ließ die Bluse fallen, dann den Rock und die Unterwäsche. Mit steifen Händen langte sie nach der anderen Kleidung, stieg in die grobe, baumwollene Unterhose, streifte sich die derben Socken und das hartgewebte Kleid über. Die Wärterin reichte ihr die Holzpantinen.

»Es tut mir leid«, sagte sie leise.

»Wirklich?«

»Um Sie. Wenn ich auch nicht verstehen kann, daß eine Frau wie Sie so viel Unheil unter die Menschen dieses Landes bringen konnte. Sie müssen für Ihre bösen Taten büßen. Ich bete für Sie, Juana Lopez.«

Die Verurteilte schüttelte den Kopf. Sie spürte ein unendliches Redebedürfnis. Sie wollte ihren Fall, ihre Unschuld erklären. Doch als sie dazu ansetzte, drehte die Frau sich um und ging mit den Kleidern auf die Gittertür zu. Der Wärter schloß auf.

»Was möchten Sie essen, Señorita Lopez? Heute können Sie wählen.«

»Ich will nicht wählen – ich kann nicht essen!«

Der Wärter blickte sie mitleidig an. »Sie sollten es aber, Señorita. Ich glaube, Sie haben es dann leichter.«

»Nein!«

»Ich werde Ihnen etwas bringen«, sagte die Uniformierte. »Vielleicht essen Sie, wenn der Padre bei Ihnen ist. Er ist schon da und wird bald kommen, Señorita Lopez.«

Die beiden entfernten sich. Juana Lopez aber war mit der Angst, dieser furchtbaren Gewißheit des Todes, allein.

VI

Der Aufprall des Wagens riß mich nach vorn. Ich wurde wie von einem starken Gummizug gegen die splitternde Scheibe geprellt und riß die Arme schützend hoch. Der Toyota bäumte sich auf. Blech schrie.

Ich spürte, wie eine ungeheure Kraft mich vorwärts riß und durch die Luft wirbelte. Durch das Bersten und Krachen dröhnten die Salven der Maschinenpistole. Ich wurde hochgeschleudert, drehte mich einigemal und schlug dann in einen Strauch.

Die Bremsen des Geländewagens kreischten. Der Motor heulte auf. Stinkende Dieselabgase reizten meine Schleimhäute. Ich schüttelte mich. Dicht vor meinen Augen hingen rotleuchtende Früchte. Ich tastete nach meinem 38er, ohne wirklich zu wissen, ob ich die böse Sache überlebt hatte.

Ich wußte es, als der Motorenlärm einem regelmäßigen Blubbern Platz machte und wenig später eine Wagentür zuschlug. Dann kam die eiskalte, vor Genugtuung triefende Stimme eines Mannes: »Die Karre brennt. Wenn Cotton nicht herausgeschleudert wurde, wird man niemals feststellen können, wer in dem Auto gesessen hat.«

Ein sattes Lachen erklang. Ich spürte den Stahl meines Revolvers. Meine Zähne knirschten vor Zorn. Ich wollte hoch, aber meine Glieder gehorchten nicht. Jäh durchschoß mich der bittere Gedanke, ich könnte mir bei dem Aufprall eine Verletzung zugezogen haben, die mich gelähmt hatte.

Ich wälzte mich nach links, um den Weg überblicken zu können. Durch meinen Rücken jagte ein stechender Schmerz. Ich hatte Mühe, ein Stöhnen zu unterdrücken. Erleichtert stellte ich fest, daß ich zwar angeschlagen, aber doch wieder bewegungsfähig war.

Dornige Äste rissen Schrammen in mein Gesicht. Mein Schädel dröhnte, als wäre ich gegen eine Mauer gerannt. Öliger Rauch trieb mir entgegen.

Mit dem Revolver schob ich rankende Äste beiseite und erkannte den Toyota, der sich im wahrsten Sinne des Wortes um den Stamm des Eisenbaumes gewickelt hatte. Eine Flammensäule raste aus dem Wagen empor. Anscheinend war der Tank beim Aufprall geborsten. Irgendein Kurzschluß hatte den Inhalt entzündet.

Meine Augen brannten. Ich hatte den Eindruck, als wenn ich hinter einem Wasserfall stände.

Erst später begriff ich, daß Blut mir einen Teil der Sicht nahm.

Ich entdeckte den Landrover. Meine Blicke saugten sich an dem offenen Beifahrerfenster fest und forschten im sichtbaren Inneren des Wagens. Seltsamerweise entdeckte ich keinen der Männer.

Wo waren die Gangster? Und wie viele waren es? Zwei mindestens, das war mir klar.

Ich drehte den Kopf.

In diesem Augenblick fegte es heran. Das Belfern einer Maschinenwaffe klang irgendwo hinter mir auf. Kugeln fegten durch das Geäst.

Ich rollte mich nach rechts ab, riß den 38er hoch und suchte den Schützen. Eine Kugel fegte über meine Schulter hinweg und hinterließ einen stechenden Schmerz. Ich rollte weiter.

Und dann entdeckte ich hinter einem Termitenhaufen den Oberkörper des Killers.

Der Mann hielt die MPi im Hüftanschlag. Aus zusammengekniffenen Augen starrte er mich an. Die Lippen waren dünn wie Seidenfäden.

Ich zog durch.

Mit dem Aufbrüllen der Salve kam das dumpfe Bellen meiner Waffe.

Der Kerl zuckte zusammen. In sein Gesicht trat Staunen. Er taumelte zurück. Seiner Kehle entrang sich ein Schrei. Der Lauf der MPi beschrieb einen Kreis. Unaufhörlich aber jagte sie ihre Munition heraus.

Ich konnte nicht anders, ich mußte schießen. Und ich drückte zum zweitenmal ab. Der Gangster flog gegen einen Stamm und brach zusammen.

Ich preßte mich in eine Erdmulde. Mein Atem ging scharf und hastig. Ich wußte, daß irgendwo in unmittelbarer Nähe mindestens noch ein zweiter Gangster lauerte. Das unangenehme Gefühl, beobachtet zu werden, stieg in mir auf. Meine Kopfhaut zog sich zusammen.

Ich lauschte. Das Knistern der Flammen war wie donnerndes Grollen in meinen Ohren. Ich spürte die feuchte Erde unter mir, während sich das Flammenmeer des Wagens langsam auf mich zufraß. Ich durfte mich nicht bewegen, um meinem Gegner keine Chance zu geben.

Noch verfügte ich über eine, wenn auch bescheidene Deckung. Sobald ich mich aufrichtete, das war klar, würde der zweite Gangster seine MPi auf mich leerotzen. Und dann gute Nacht!

Vorsichtig änderte ich meine Lage. Der Landrover tauchte wieder in meinem Blickfeld auf. Ich suchte Meter für Meter des Dschungelpfads ab, konnte den Mann aber nicht entdecken. Logisch erschien mir, daß er kaum in der Nähe des brennenden Mietwagenwracks sein konnte.

Dort war es zu heiß. Das nutzte ich aus. Ich schlängelte mich der Hitze und dem Eisenbaum entgegen. Meine Haare begannen zu sengen, als ein Windstoß die Flammensäule auf mich zudrückte.

Ich hielt den Atem an.

Der Baum und die Flammen boten mir nach zwei Seiten Deckung. Ich richtete mich auf. Der Smith and Wesson lag schußbereit in meiner Faust. Wo lauerte der zweite Gangster?

Warum griff er nicht an! Wartete er auf seine sichere Chance? Hatte ich eine zu gute Deckung? Fragen über Fragen, auf die es keine Antworten gab. Ich blinzelte nach der Uhr. Mein Magen zog sich zusammen. Ich hatte noch 1 Stunde und 35 Minuten!

80 Kilometer und einen Gangster vor mir, der mit angeschlagener MPi nur darauf wartete, daß ich einen Fehler beging.

Die Zeit raste.

Sie war jetzt noch mehr als vorher zum Verbündeten der Gangster geworden. Sie war ihr Helfer. Wenn ich die hauchdünne Chance, die der jungen Frau noch blieb, nutzen wollte, durfte ich mich nicht länger von dem Unbekannten festnageln lassen. Ich mußte das Risiko eingehen, von dem Kerl abgeschossen zu werden.

Eine weitere Minute verstrich. Der Gangster zeigte sich nicht. Ich atmete tief durch, befeuchtete meine Lippen und war entschlossen, das Spiel zu beenden. Ich verlor keine Sekunde mehr. Ich handelte.

Jäh sprang ich ab. Geduckt jagte ich auf den Landrover zu, der, das war klar, die einzige Chance bot, Quimistán zu erreichen. Fiel der Wagen mir heil in die Hände, so war das unmöglich Erscheinende vielleicht doch noch zu schaffen. Natürlich wußte das der zweite Gangster auch. Er mußte verhindern, daß ich in den Besitz des Fahrzeugs gelangte. Er mußte sich zeigen! Darauf beruhte mein Plan.

Ich erreichte die Urwaldpiste und verharrte für Sekunden, während meine Blicke die Umgebung beharkten.

Mein Plan ging auf.

Links, nur knappe vier Meter entfernt, ragten wilde Bananenstauden in den Himmel. Zwischen zwei Stauden tauchte in diesem Augenblick der Gangster auf.

Ich bemerkte die huschende Gestalt. Ich sah die MPi in den Händen des Kerls. Im nächsten Augenblick raste die Feuerzunge auf mich zu. Ich ließ mich fallen. Noch in der Bewegung jagte ich zwei Kugeln aus dem Lauf.

Der Gangster lachte auf. Er schien zu glauben, daß er mich erwischt hätte. Er rannte auf mich zu und feuerte wieder. Kugeln schlugen dicht vor meinem Gesicht in den staubigen Boden.

Ich hatte nur noch zwei Patronen in den Kammern. Ich war gezwungen, mit ihnen zu treffen. Ich zwang mir Ruhe ab. Ich zielte. Und dann zog ich durch.

Der Gangster blieb, wie von einer gläsernen Wand gestoppt, stehen. Seine Hände stießen sinnlos ins Leere. Die MPi entfiel ihnen. Seine Augen wurden groß.

Er stolperte auf mich zu. Sein Mund war weit aufgerissen. »Cotton, du Schwein!« brüllte er mit nervenzerreißender Stimme. Die Rechte fuhr in den Ausschnitt seiner Jacke. Mit einem schweren Revolver kam sie wieder heraus.

Ich schoß.

Meine Kugel fetzte durch seinen Jackenärmel.

Ich schluckte. Ich wußte, daß ich endgültig verspielt hatte.

Der Gangster begann zu lachen. Seine Augen wurden schmal. Ganz langsam kam die Hand mit der schweren Waffe hoch. Der Lauf pendelte sich auf meinen Kopf ein. Ich war in diesen Sekunden wie gelähmt. Sinnlos drückte ich auf den Stecher.

Der Hammer fiel auf eine leere Hülse.

Ich rollte mich ab.

Der Gangster machte einen Schritt auf mich zu. Der Lauf seines Revolvers folgte meiner Bewegung und verhielt.

Ich erwartete die tödliche Kugel. Ich spürte es bitter in der Mundhöhle. Der Gangster zog den Schlaghammer zurück. Nur noch die leichte Berührung seines Zeigefingers, und ich war erledigt.

Ich warf mich nach links.

Der Gangster schoß nicht.

Ich starrte ihn an und sah das Zittern der Hand, den großen, hageren Körper, der plötzlich zu torkeln anfing. Der Mann fiel. Hart schlug er auf.

Ich lief auf ihn zu, während ich in aller Hast meine Waffe wieder lud. Ich kniete neben ihm nieder und fühlte nach seinem Puls. Er schlug nicht mehr.

Der Mann war tot. Wenig später wußte ich, daß es auch den anderen erwischt hatte. Ich drehte mich um. Ich ging steifbeinig auf den Landrover zu, kletterte hinter das Lenkrad und schloß für Sekunden die Augen. Das war mehr als knapp gewesen. Ich hatte Glück gehabt.

Ich schob den Gang ein. Halb blind und fast tot vor Erschöpfung setzte ich den schweren Geländewagen in Gang. Ich hatte noch knapp anderthalb Stunden, um Juana Lopez zu retten.

Ich schaltete hoch und ließ den Fuß auf dem Gaspedal. Ich mußte alles aus mir und dem Wagen herausholen. Ich betete darum, nicht wieder aufgehalten zu werden.

Hinter mir blieb der Tod zurück.

Die Rotoren des Hubschraubers peitschten die Luft und ließen den Staub auf dem kleinen Platz hinter der Kaserne in Quimistán auffliegen. Der libellenförmige

Körper der Maschine sackte plötzlich hinab. Die Kufen gruben sich in den Sand. Der Helicopter kam zum Stehen.

Raúl Delgado trat aus dem Schatten des Wachhäuschens und schritt über den Platz. Die Schiebetür der Flugmaschine wurde aufgestoßen. Zwei Männer in grauen Anzügen sprangen hinaus. Geduckt unterliefen sie die Rotoren und blieben vor Delgado stehen.

Der nickte ihnen zu, deutete mit dem Kinn auf das Wachhäuschen, neben dem sich ein eisernes Tor befand, und setzte sich in Bewegung. Die anderen beiden folgten ihm. Ein Offizier stellte sich ihnen in den Weg. Delgado griff in die Tasche, zog einige Dollarnoten heraus und drückte sie dem Militär in die Hand.

»Buenos dias«, sagte der Uniformierte und ließ das Dreiergespann passieren.

Draußen wartete ein Cadillac Cabriolet. Die Männer stiegen ein. Delgado übernahm das Steuer.

»Wie sieht es aus?« fragte Steve McGovern, der jüngere der beiden Ankömmlinge.

Delgado zündete sich eine Zigarette an. Er musterte das kantige Gesicht des Fragenden im Rückspiegel, sah dessen knopfartige, ungemein harte Augen und hob die Schultern. »Über die letzten Minuten weiß ich keinen Bescheid, weil ich auf euch gewartet habe. Aber bis 8.30 Uhr ist Cotton nicht aufgetaucht. Möglich, daß er sich auf der Urwaldpiste den Hals gebrochen hat.«

»Nicht dieser FBI-Agent«, knurrte Earl Stanley, der auf dem Beifahrersitz Platz genommen hatte. »Cotton ist mit allen Wassern gewaschen. Er kennt sein Geschäft.«

»Er ist nicht angekommen«, gab Delgado zurück. »Soviel steht fest.« Sein Ton klang feindselig. Man sah ihm an, daß der Besuch ihm wenig behagte.

Die Männer schwiegen. Delgado zündete sich eine

Zigarette an. Seine Mundwinkel zuckten, als er einen Blick auf seinen Nebenmann warf. »Ich halte die Nervosität wegen dieses FBI-Bullen auch für übertrieben. Was kann er im Grunde ausrichten?«

»Er kann als Zeuge belegen, daß in der Sache Juana Lopez die Beweise falsch sind«, sagte Stanley grob. »Er kann hier die Beamtenschaft wild machen und notfalls an den Gouverneur heran.«

Delgado mühte sich ein Lächeln ab. Zynisch gab er zurück: »Ihm bleiben jetzt nocht höchstens 25 Minuten. Soviel ich weiß, ist das Erschießungskommando schon vollzählig angetreten, der Staatsanwalt bereits im Gefängnis und Oberrichter Rialdo auf dem Weg dorthin. Wie will Cotton, falls er überhaupt in Quimistán eintrifft, es in der kurzen Zeit schaffen?«

»Ich habe keine Ahnung«, sagte Stanley. »Ich habe nur Befehle, Delgado. Und meine Befehle kommen aus New York vom Boß persönlich. Der sagte uns, daß Cotton den ganzen Plan zum Scheitern bringen kann, wenn er hier auftaucht. Weil das so ist, sollen wir ihn daran hindern. Die Wahl der Mittel hat er uns überlassen.«

»Er wird nicht auftauchen, wette ich«, murmelte Delgado. »Ihr vergeßt in eurem sicheren New York allzuleicht, daß dieses Gebiet hier das Ende der Welt ist. Abgesehen davon, daß die Verkehrsverhältnisse mehr als schlecht sind, hat ein einzelner kaum eine Chance zum Durchkommen. In diesem Land gibt es so was wie eine Guerilla, die verdammt scharf darauf aufpaßt, wer sich auf den Straßen bewegt. Ich nehme an, eine dieser Banden hat Cotton längst in die Hölle geschickt.«

Der Wagen rollte nach Quimistán herein, passierte eine Tankstelle und bog dann rechts zum Stadtkern ab, wo sich auch das Gefängnis befand.

Stanley schüttelte den Kopf. »Cotton ist ein Hund«,

stellte er sachlich fest. »Wir kennen ihn. Wir wissen, daß er immer einen Weg findet. Er hat einen Riecher für Sachen. Er haut sich aus Sachen heraus, die für jeden anderen tödlich sind. Dir sollte zu denken geben, daß er es immerhin geschafft hat, Boinestone und Renato auszuschalten, die gewiß keine Anfänger waren.«

Delgado wandte den Kopf. »Was ist mit ihnen?«

Stanley schnippte mit den Fingern: »Tot, Delgado. Sie waren heute morgen hinter Cotton her. Zehn Meilen hinter San Pedro Sula haben sie ihn gestellt. Sie verloren. Er entkam lebend. Sagt dir das was?«

Delgado schwieg. Er hielt an einer Kreuzung, ließ einen Eselskarren vorbei und trat wieder aufs Gas. »Boinestone war ein vorsichtiger Mann«, murmelte er.

»Ja, war, mein Freund. Jetzt ist er ein toter Mann.«

Delgado zerdrückte die Zigarette. Er spürte, wie seine Handflächen feucht wurden. Wenn dieser Cotton, den die beiden Abgesandten der Organisation so hoch einschätzten, tatsächlich ein solch großes Kaliber war, mußte mit ihm gerechnet werden. Hatte er es geschafft, nach Quimistán zu kommen? War er bereits hier und versuchte, den Richter zu erwischen, den einzigen Mann, der die Hinrichtung Juana Lopez' verhindern konnte, wenn der Präsident des Landes nicht ein Machtwort sprach?

»Welche Beweise bringt er mit?« fragte er plötzlich heiser.

Stanley rieb sich das Kinn. »Seine eigenen. Girona, dieser Schwachkopf, hat ihm den Sachverhalt mehr oder weniger klar geschildert. Daß die Sache mit der Frau dort im Gefängnis ein Komplott ist. Außerdem kann er auf Manuel Izquierda verweisen, Delgado.«

Der schlanke, elegant angezogene Mann am Steuer

zuckte zusammen. Er kannte Izquierda nur zu gut. Immerhin war Izquierda sein Befehlsempfänger gewesen. Er hob den Kopf: »Ich war sicher, daß Izquierda beseitigt wurde.«

»Der Boß auch, bis sich herausstellte, daß Girona danebengeschossen hat. Bei einem zweiten Versuch wurde unser Mann geschnappt. Die Ärzte haben alles getan, um Izquierda auf die Beine zu bringen. Vor einer Stunde, wie wir in San Pedro Sula erfahren haben, hat er wie eine Nachtigall gesungen. Klar, daß er quatscht, wenn er genau weiß, daß seine Freunde ihn umbringen wollten.«

Delgado wurde blaß. »Dann bin auch ich dran!«

»Richtig, mein Junge, dann bist auch du dran. Immerhin hast du den großen Zampano gespielt und Izquierda in die Sache gebracht. Du hättest ihn nicht fallenlassen sollen.«

»Und jetzt?«

Stanley leckte sich über die wulstigen Lippen. »Jetzt haben wir nur noch eine Chance, Delgado. Die sieht so aus, daß um jeden Preis für Juana Lopez' Tod gesorgt werden muß. Wenn sie davonkommt, gibt's einen Riesenkrach. Dann werden sich die internationalen Pressehaie an die Geschichte machen und die Titelseiten damit füllen. Dann ist die gesamte Sache im Eimer. Dann kriegt Rodriguez Lopez so viele Stimmen, daß er sich drin baden kann. Dann bleibt er Präsident. Und wir, Delgado, haben einen Haufen Zaster in den Sand gesetzt.«

»Verdammt!«

»Und mehr, Delgado. Die Sache steht auf Messers Schneide, zumal Izquierdas Aussage sicherlich längst nach Quimistán getickert worden ist. Cotton wird leichtes Spiel haben, wenn er hier auftaucht. Er braucht nur den Wisch mit Izquierdas Geschleime auf den Tisch deines Oberrichters zu legen und kann dann Juana Lopez aus dem Knast abholen. Begreifst du, wie es steht?«

Delgado nickte. Zum erstenmal, seidem er sich in dieses große Spiel um Macht und Geld eingelassen und an die Mafia verkauft hatte, wurde er von Angstschauern heimgesucht. Zum erstenmal zog er in Erwägung, am Ende Verlierer zu sein und nicht Stellvertreter des neugewählten Präsidenten, wie er es sich erhofft hatte. Er biß sich auf die Lippen. Seine Stimme klang gepreßt, als er sagte: »Was ist zu tun, Stanley?«

Der Gangster auf dem Beifahrersitz kniff die Augen zusammen. »Wir haben ein Problem«, sagte er kalt. »Dieses Problem heißt Cotton. Wollen wir es lösen, müssen wir ihn töten. Das ist die Antwort, Delgado.«

»Und wie?«

Stanley legte die Hände ineinander. »Cotton hat eine sichere Anlaufstation. Das ist Oberrichter Rialdo. Unsere Aufgabe besteht darin, ihn dort zu stellen und ihn dort mit Blei vollzupumpen.«

Delgado starrte auf das Ziffernblatt seiner teuren Schweizer Uhr. »Wir haben noch 21 Minuten«, stellte er fest.

Stanley und McGovern nickten gleichzeitig. »Wenig genug«, knurrte McGovern. »Wo ist das Büro des Oberrichters?«

»Da vorn«, gab Delgado zurück und deutete auf den von Säulen getragenen Natursteinbau, der eine kleine Plaza beherrschte.

8.40 Uhr.

Der überhitzte Motor des Landrovers stieß ölige Abgase in die flimmernde Luft. Die Nadel der Temperaturanzeige tanzte im roten Bereich. Ich schwitzte und starrte immer wieder auf meine Uhr, deren Sekundenzeiger sich mit Überschallgeschwindigkeit zu bewegen schien.

Links und rechts armselige Hütten. Die Straße war schlecht. Die Räder schlugen in tiefe Löcher. Ich wurde durchgerüttelt. Aus dem Ventilationsschacht ströhmte eine unerträgliche Hitze. Ich stoppe, als ich eine Gruppe von Indiofrauen rechts auf der Straße erkannte. »Das Gerichtsgebäude? Wo ist es?«

Sie starrten mich aus tiefen, dunklen Augen an, bis ich begriff, daß ich sie englisch angesprochen hatte. »Dónde está el juzgado?« wiederholte ich krächzend. »Juez Rialdo, entiende?«

Eine junge Frau nickte heftig. »Sí, sí«, rief sie mir zu. Ihre Hand deutete auf die nächste Kreuzung. »Fahren Sie dort rechts. Sie werden einen Platz sehen. Da fahren Sie wieder rechts und sehen das Gerichtsgebäude.«

Ich dankte und jagte los.

Noch 19 Minuten!

Die Angabe der jungen Frau traf zu. Ich erreichte die Plaza. Ich sah das große Gebäude, dessen Portal von mächtigen Säulen getragen war und vor dem ein Cadillac Cabriolet parkte. An einer Säule lehnte ein graugekleideter Mann, der sich mit einem Messer die Fingernägel säuberte.

An ihm fielen mir zwei Dinge auf. Erstens, daß er blond war. Und zweitens, daß er trotz der brütenden Hitze einen korrekten Anzug trug.

In mir schrillte eine Alarmglocke. Man hatte mir zwei Killer in den Nacken gesetzt. Ich hatte Glück gehabt und sie abgewehrt. Das war vor etwa zwei Stunden gewesen. War anzunehmen, daß man sie inzwischen entdeckt hatte?

Ich befeuchtete mir die Lippen. Diese elende Müdigkeit lähmte meine Gedanken. Lief ich in eine weitere Falle? Warteten bezahlte Killer erneut auf mich?

Wenn ja, dann – das war klar – würde der Landrover, den sie kennen mußten, mich verraten.

Ich lenkte ihn nach links in eine Einfahrt, drehte den Zündschlüssel, stieg aus und ging um den Wagen. Dann betrat ich die Straße und beobachtete die Plaza. Der Mann mit dem Messer vor dem Portal des Gerichtsgebäudes hatte seine Stellung gewechselt. Jetzt stand er einige Stufen höher. Das Messer wippte in seiner Hand. Die Klinge blitzte. Trotz seiner scheinbaren Gleichgültigkeit beobachtete er die Plaza genau.

Wartete er auf mich?

Ich zog meinen Revolver und schob ihn in die rechte Hosentasche. Ich ließ die Hand darin und setzte mich in Bewegung. Jedes Gebäude dieser Größe hat mindestens zwei Eingänge, sagte ich mir. Ich wandte mich nach links, um in den Rücken des Gebäudes zu kommen.

Am Straßenrand parkte ein Polizeiwagen. Zwei mit Maschinenpistolen bewaffnete Uniformierte saßen rauchend darin und langweilten sich.

Ich trat an sie heran. Mit der Linken zog ich zwei 100-Dollar-Noten aus der Tasche. Ich hielt sie den beiden hin.

Ihre Blicke saugten sich an den Geldscheinen fest. »Was?« fragte der Fahrer leise.

»Ich muß zu Oberrichter Rialdo«, sagte ich spanisch. »Ihr könnt euch das Geld verdienen, wenn ihr mich zu ihm begleitet.«

Sie blickten sich an. Der zweite Polizist nestelte an seiner MPi. Ihm war die Sache nicht geheuer.

»Es ist mehr als wichtig«, erklärte ich. »Es geht um das Leben einer jungen Frau. Ich muß den Richter lebend erreichen, versteht ihr?«»

»Will man dich umbringen?«

»Möglich«, gab ich zurück.

Der Beamte auf dem Beifahrersitz, der einen großen

108

Stern auf der Uniformbluse trug, nickte. Er griff nach den Scheinen.

»Wenn ich beim Richter bin«, sagte ich und zog die Dollarnoten zurück.

Sie grinsten und verstanden. Sie stiegen aus. Sie entsicherten ihre MPi.

»Gibt es einen Nebeneingang?« fragte ich.

»Sí, sagten sie wie aus einem Munde.

8.45 Uhr.

Noch 15 Minuten, um den Tod vom Nacken Juana Lopez' zu treiben!

Die beiden Polizisten führten mich durch eine Pforte auf einen weiten Hof, von dem aus die Rückfront des Justizpalastes zu sehen war. Auch dort ein Portal. Kleiner als das vordere, aber ebenso imposant. Und auch hier wartete ein Mann. Kein Mann aus Honduras, wie seine wasserhellen Augen verrieten.

Meine Hand umklammerte den schußbereiten 38er in meiner Hosentasche. Ich war bereit zu schießen. Ich hoffte, daß meine Begleiter die Killer davon abhalten würden, sofort zuzuschlagen.

Wir erreichten die breite Treppe.

Der Mann, der hier wartete, starrte mich an. In seinen Augen war ein seltsames Glitzern. Seine Stirn legte sich in Falten. Ich hatte das sichere Gefühl, daß er mich kannte. Zumindest mein Aussehen.

Mit dem Daumen hakte ich den Hammer meiner Waffe zurück.

Der Mann schien zu rechnen.

Wir stiegen die Stufen empor.

»Achtet auf das, was sich in unserem Rücken tut!« flüsterte ich meinem Begleiter zu.

Der Jüngere der beiden lächelte. »Mein Gott«, murmelte er. »Geht es darum, die Figur zu verhaften?«

Ich schüttelte den Kopf, sehr wohl wissend, daß damit weitere Zeit verlorenginge. »Nein«, sagte ich leise.

»Ich will sicher zu Oberrichter Rialdo kommen.«

»Das wirst du«, versprachen sie.

Wir erreichten die große Halle, die voller Menschen war. Links ein Gang. Sie führten mich hinein. Vor einer breiten Tür blieben sie stehen. Ich sah die Klinke, die sich in dieser Sekunde nach unten bewegte. Dann wurde die Tür aufgestoßen. Ein glatzköpfiger, untersetzter Mann trat heraus. Er zuckte zusammen, als er die beiden Beamten und ihre Maschinenpistolen bemerkte. Er riß die Hände hoch und wollte zurück ins Zimmer.

»Señor Rialdo?« fragte ich heiser.

Er blieb stehen. Hellwache Augen, die eine scharfe Intelligenz verrieten, musterten mich. »Sí«, sagte er schließlich. »Was geht hier vor?«

Er hatte Angst, das war klar. Möglicherweise dachte er daran, daß Komplicen Juana Lopez' in letzter Sekunde mit seiner Geiselnahme durchzusetzen versuchten, um die Hinrichtung auf diese Weise durchzuführen.

Ich schüttelte den Kopf. Ich stellte mich vor und zeigte meine Identitätskarte. »Hören Sie mich an!« bat ich. »Und sorgen Sie dafür, daß die Beamten hier bleiben!«

Er studierte die ID Card. Wieder heftete er seine Blicke auf mich. »Ich muß ins Gefängnis«, sagte er plötzlich ruhig.

»Ja, ich weiß«, stieß ich hervor. »Sie haben die Pflicht, der Hinrichtung Juana Lopez' beizuwohnen. Um sie geht es. Es gibt unerschütterliche Beweise für ihre Unschuld!«

»Nein!« sagte er scharf. »Unmöglich!«

»Es gibt Zeugen. Ich selbst bin einer davon!«

»Nein!« schrie er fast.

Die beiden Polizeibeamten wurden unruhig. Ich fürchtete, kurzerhand verhaftet zu werden. Meine

Stimme nahm einen beschwörenden Klang an. »Geben Sie mir Minuten, Richter, fünf lächerliche Minuten!«

Seine Lippen wurden dünne Striche. Er kämpfte mit sich. Er mochte ein aufrechter, pflichtbewußter Mann sein. Er wußte, daß er mit seinen Kollegen die Fülle des Beweismaterials sehr sorgfältig geprüft und für richtig befunden hatte, das zur Verurteilung der jungen Frau geführt hatte. Jetzt tauchte ein verschwitzter, verdreckter und abgekämpfter Gringo auf und wollte alles über den Haufen stoßen!

»Bitte!« sagte ich leise.

Er richtete sich auf. Sein Blick fiel auf die Polizisten. Er öffnete den Mund. Wollte er Anweisung geben, mich entfernen zu lassen?

»Gut«, sagte er. »Fünf Minuten sollen Sie haben, Mr. Cotton.« Zu den Beamten: »Sie bleiben hier vor der Tür, verstanden?«

»Sí, Señor!«

Ich trat hinter ihm ein.

»Bitte, Mr. Cotton«, sagte er, »sagen Sie, was Sie zu sagen haben!«

Stanley stieß einen bitterbösen Fluch aus. »Idiot!« zischte er wütend. »Warum hast du nicht geschossen!«

McGovern schüttelte den Kopf. »Cotton hat es gerochen, Earl! Er hat genau gewußt, daß wir hier auf ihn warteten. Er war in Begleitung zweier einheimischer Bullen, die mit MPi bewaffnet waren. Ich hätte keine Chance gehabt!«

Delgado wurde blaß. »Mit anderen Worten, er ist jetzt beim Richter?«

»Das ist er«, sagte McGovern.

»Dann müssen wir beide umlegen!« zischte er.

»Ändert das noch was?« fragte Stanley zurück. »Ist es nicht vielmehr so, daß, wenn der Richter umgebracht wird, die Hinrichtung auf jeden Fall verschoben werden muß? Soviel ich weiß, muß der Mann mit anwesend sein.«

»Das ist richtig«, gab Delgado zu. Seine Hände zitterten. Verzweiflung bemächtigte sich seiner. Während dieser Sekunden erkannte er mit erschreckender Klarheit, daß ihm die Felle davonschwammen. Seine Rolle war bald ausgespielt, wenn es nicht in letzter Sekunde gelang, doch noch eine Wende in diesem Spiel um Macht und Geld einzuleiten.

Die Frage war nur, wie das geschehen sollte.

Trotz allem einen Angriff auf Cotton wagen? Ihn sozusagen vor den Augen des Richters von der Platte putzen? War das überhaupt möglich? Mußte eine solche Aktion nicht inmitten dieses großen Gerichtsgebäudes zu einem Fiasko werden?

Delgado stöhnte auf. »Habt ihr einen Vorschlag?« fragte er heiser, während ihm der Schweiß in Strömen von der Stirn lief.

McGovern hob die Schultern. Stanley knurrte Unverständliches. Dann sagte er: »Es gibt nur eine Lösung…«

»Und die wäre?«

»Cotton muß fallen. Er muß fallen, ehe er seinen Spruch los wird.«

»Also sofort?«

Stanley nickte. Seine Rechte schob sich in den Ausschnitt seiner grauen Anzugjacke. Er tastete nach dem Griff der tschechischen Scorpion-MPi, die kaum größer als eine schwere Pistole war und deren Magazin mit 32 Patronen im Kaliber 9 mm gefüllt war. McGovern besaß ebenfalls eine solche Waffe. Zusammen verfügten sie also über genügend Munition, um ein halbes Dutzend Polizisten zu töten – und Cotton.

»Wir haben wohl keine andere Wahl«, sagte Stanley. Er dachte an seine Bosse in New York. Sie würden ihm Versagen für den Fall vorwerfen, daß Cotton die Hinrichtung Juana Lopez' verhinderte. Es würde nicht bei Vorwürfen bleiben sondern . . .

Er faßte sich unwillkürlich an den Hals. Plötzlich hatte er ein Würgen in der Kehle. Wenn er mit einem Mißerfolg zurückkehrte, wäre sein Leben keinen Cent mehr wert. Dann würde die große Säuberung kommen. Und das hieß, mit einem Betonkragen im Hudson zu enden. Fraß für die Fische . . .

8.49 Uhr.

»Bist du bewaffnet, Delgado?« fragte Stanley rauh.

Der elegante Politiker schüttelte den Kopf. »Nein«, sagte er in plötzlicher Panik, »ich glaube auch nicht, daß es meine Aufgabe ist, diesen FBI-Agenten auszuschalten.«

Stanley lachte auf. »Mag sein«, gab er zurück, »daß es nicht deine Aufgabe ist. Aber deine Zukunft und dein Leben hängen davon ab.«

Er zog eine Beretta-Pistole und steckte sie Delgado zu. »Sorge mit einigen Kugeln dafür, daß niemand den Gang betritt, in dem das Büro des Richters liegt! McGovern und ich erledigen den Rest.«

Delgado schob die Waffe in die rechte Außentasche seiner Jacke. Seine Mundhöhle war trocken. Am liebsten wäre er davongelaufen. Aber er wußte, daß er damit auch die hauchdünne Chance vernichtet hätte, die sich ihm jetzt noch bot.

Stumm folgte er den beiden New Yorker Gangstern, die mit unter den Jacken versteckten Maschinenpistolen in letzter Sekunde die Wende erzwingen wollten und bereit waren, jeden zu töten, der sich ihnen in den Weg stellte.

VII

Richter Rialdo hörte schweigend zu, während ich ihm die Tatsachen schilderte, die wir kannten. Er ließ nicht erkennen, ob sie ihn überzeugten. Seine Mundwinkel bogen sich voller Skepsis nach unten. Immer wieder blickte er auf seine Uhr.

»Girona, der den Auftrag hatte, Izquierda, den Beschaffer der meisten falschen Dokumente, zu töten, sprach von einem Komplott, Richter! Es geht darum, zu verhindern, daß Rodriguez Lopez wiedergewählt wird. Wer auch immer hinter dieser Verschwörung steht, er rechnet sich aus, daß die Wählerschaft ihre Stimme nicht dem Mann geben wird, dessen Tochter wegen schwerer Drogenverbrechen hingerichtet wird.«

Richter Rialdo legte die Hände ineinander. »Interessant, was Sie mir da berichten, Mr. Cotton, aber . . . aber wo sind die Beweise für Ihre Theorie? Das Wort eines Killers?«

»Nicht nur das, Richter. Izquierda hat bereits bestätigt, daß Juana Lopez unschuldig ist!«

»Wo ist dessen Aussage? Haben Sie sie mitgebracht? Und wenn, ist sie beglaubigt?«

8.48 Uhr.

Noch zwölf Minuten. Für mich blieben noch ganze drei, um Juana zu retten. Aber es sah nicht danach aus, als könne es mir gelingen. Rialdo wollte Beweise sehen. Er wollte die Aussage Izquierdas, die zwar vorhanden, aber eben nicht in meinen Händen war.

»Was, Señor Rialdo, wenn meine Darstellung zutrifft? Was, wenn Sie dann, wenn die junge Frau unter den Kugeln Ihres Erschießungskommandos gestorben ist, feststellen müssen, daß Sie sich mit Ihrem Urteil geirrt haben, daß Sie falschen Beweisen aufgesessen sind? Werden Sie dann noch gut schlafen können? Werden Sie den Tod dieser Frau mit Ihrem Gewissen vereinbaren und ihn ertragen können?«

Er senkte den Kopf. »Wir haben die Beweise mehr als sorgfältig geprüft, Mr. Cotton. Wir haben uns nichts vorzuwerfen!«

»Auch dann nicht, obwohl Sie jetzt Kenntnis von der neuen Sachlage haben?«

»Habe ich Sie, Mr. Cotton? Oder habe ich lediglich Worte gehört, die ebenso falsch sein können wie alles andere? Ich glaube, Sie sind es, die es sich zu leicht machen. Zugegeben, ich trage die Verantwortung. Ich bin es, der die Hinrichtung aufschieben kann. Aber liegen schwerwiegende Gründe dafür vor? Nein, Mr. Cotton, das ist nicht der Fall. Ich bin sicher, auch dann, wenn ich jetzt die Aufschiebung anordne, wird der Gouverneur meine Entscheidung rückgängig machen. Denn ihn hätte ich zu informieren und – zu überzeugen!«

Ich spürte meine müden, zerschundenen Glieder. Die Verzweiflung brachte mich fast um. Ich erhob mich und sagte: »Niemand wird Schaden nehmen, wenn Sie wenigstens die Verschiebung anordnen, Richter! Bitte, um das Leben eines jungen Menschen willen!«

Auch Richter Rialdo stand auf. Er warf einen Blick auf seine Uhr. »Es tut mir leid, Mr. Cotton, aber Sie haben mich nicht überzeugt!«

Ich starrte ihn an. Sein Gesicht war hart. Die Augen blickten kühl. Ich wußte, daß ich verloren hatte. Meine Hände zitterten. Ich hätte weinen mögen, aber mir fehlten die Tränen.

So also war es: Da mußte eine junge, unschuldige Frau sterben, weil es diesen Mann gab, der – aus welchen Gründen auch immer – nicht bereit war, die Verantwortung für einen Aufschub zu übernehmen. Jetzt begriff ich, was gemeint ist, wenn von den langsam mahlenden Mühlen der Justiz gesprochen wird. Sie sind nicht nur langsam, sie sind auch kaum aufzuhalten . . .

»Ich habe noch zwei Minuten«, sagte ich und deutete auf das Telefon auf dem Schreibtisch. »Kann mit dem Apparat international telefoniert werden?«

Rialdo, der schon auf dem Weg zur Tür war, blieb stehen. Wieder kontrollierte er die Uhrzeit. Er lächelte. »Gut, die zwei Minuten sollen Sie noch haben, Mr. Cotton. Und wenn Sie anrufen wollen, können Sie das. Ja, Sie können auch New York direkt anwählen.«

Ich nahm den Hörer von der Gabel. Ich drehte die Vorwahl, dann den Stadtcode und unsere Nummer. Ich betete darum, daß die Verbindung schnell zustande kam. Ich hörte das Knattern in der Leitung, während die Finger meiner rechten Hand auf der Tischplatte trommelten. Wie durch Watte klangen entfernte Schreie auf. Dann ratterte eine Maschinenpistole los.

Ich ließ den Hörer fallen. Ich war hellwach. Meine Rechte fuhr unter die Jacke. Ich spürte den Kolben meines 38ers. Und ich wußte, daß die Gegenseite zum letzten Schlag ausholte.

8.50 Uhr.

Die Gittertür der Zelle wurde aufgestoßen. Zwei Soldaten schoben sich in die Zelle. Wortlos gingen sie auf Juana Lopez zu, faßten ihre Arme und zwangen sie ihr auf den Rücken. Handschellen klickten. »Kommen Sie!« sagte der Größere.

Juana biß sich auf die Lippen. Sie starrte Padre Gonsalvez an, der sich schwerfällig vom Stuhl erhob und ihr eine Hand auf die Schulter legte. »Sei stark, Tochter! Gott ist mit den Unschuldigen.«

Die Soldaten nahmen Juana in die Mitte und führten sie auf den Gang, wo weitere vier Soldaten angetreten waren. Langsam wie bei einer Prozession wurde das Mädchen auf den Hof geführt.

Die grelle Sonne stach ihr in die Augen. Sie schloß die Lider. Ein Weinkrampf schüttelte ihren Körper. Mit zusammengepreßten Lippen, um Haltung bemüht, schritt sie auf den Durchgang der Absperrung zu. Sie hörte Stimmen.

Sie sah die Holzwand, an der sie sterben würde. Sie sah Männer, die sie neugierig betrachteten. Den Staatsanwalt, der den Tod für sie gefordert hatte.

Die Soldaten des Erschießungskommandos waren an der linken Seite angetreten. Ihr Koppelzeug und die Gewehrläufe blitzten in der Sonne. Juana wurde an die Holzwand geführt und daran festgebunden.

Kalte Augen blickten sie an. Padre Gonsalvez war an ihrer Seite. Sein Gemurmel hallte wie Donnergrollen in ihrem Kopf wider. Was wird sein, wenn die Kugeln dich zerreißen, fragte die junge Frau sich, was nur?

Der Staatsanwalt kam heran. Er trug eine dünne rote Akte in den Händen. Immer wieder blickte er ungeduldig auf die Uhr. Nervös herrschte er einen Gerichtsdiener an: »Wir haben noch neun Minuten, Marinez. Fragen Sie, zum Teufel, nach, wo der Richter bleibt!«

Der Gerichtsdiener grüßte militärisch und marschierte ab. Der Staatsanwalt schlug die Akte auf. »Wir warten auf den Richter«, sagte er zu den Zuschauern. »Ohne ihn können wir die Sache nicht über die Bühne bringen.«

Juana Lopez senkte den Kopf. Für Sekunden blühte Hoffnung in ihr auf. Die Abwesenheit des Oberrichters konnte eine positive Bedeutung für sie haben.

Doch dieses Gefühl hielt nicht lange an. Sie wußte, daß nur ein Wunder sie noch retten konnte. Aber Wunder geschahen wohl nicht mehr.

Ein langgezogener Schrei gellte in unseren Ohren. Kugeln stanzten Löcher in die Tür des Büros. Kugeln klatschten gegen die holzgetäfelten Wände. Oberrichter Rialdo warf sich hinter den Schreibtisch. Eine große Fensterscheibe zersprang und klirrte über den Boden. In das Geräusch knallte der Schlag der auffliegenden Tür.

Im Ausschnitt tauchte ein kantiges und entschlossenes Gesicht auf. Seine Blicke wischten durch den Raum. Ich stand links neben dem Bücherregal. Die MPi in den Fäusten des Killers schwenkte herum. Die Mündung drohte gegen meine Brust.

Ich hatte keine Wahl. Ich schoß.

McGovern wurde in den Gang hinausgestoßen, auf dem ich einen der einheimischen Polizisten in verkrümmter Haltung liegen sah. Die MPi ratterte los. Die Kugeln prallten vom Boden ab und fraßen sich in den schweren Schreibtisch des Richters.

McGovern schlug gegen die Flurwand. Er riß den Mund auf. Seine Augen waren ein einziges Meer von Schmerz. Ich sprang vor. In der gleichen Sekunde tauchte ein zweiter Mann mit angeschlagener Waffe auf.

Ich warf mich nach links. Die automatische Waffe begann dröhnend zu meckern. Haarscharf zischten die Geschosse an mir vorbei. Ich warf mich gegen die Wand.

Richter Rialdo tauchte hinter dem Schreibtisch auf. Eine Garbe fetzte auf ihn zu und zwang ihn wieder zu Boden. In Panik brüllte er nach Hilfe.

Ich riß den Revolver hoch, schoß aber nicht. Mir war nicht klar, um wie viele Angreifer es sich handelte. Ich wollte um keinen Preis, daß ich mich verschoß, um auf diese Weise zu unterliegen. Auch fuhr mir jäh durch den Kopf, daß diese Leute, wer immer sie waren, über die Hintermänner des Verbrechens Bescheid wissen mußten.

Einen von ihnen lebend in die Hand zu bekommen, konnte uns weiterbringen.

Der zweite Gangster beging nicht den Fehler seines Partners. Er hielt sich in der Deckung der Tür. Nur der Lauf seiner MPi ragte in das Büro hinein. Der Abstand zu mir betrug gut zwei Meter.

Ich wechselte den 38er in die linke Hand.

Der Gangster bewegte sich. Sein linker Schuh tauchte auf, Sekunden später der Kopf.

Ich griff mit der rechten Hand zu. Der heiße Lauf der MPi versengte die Innenfläche meiner Hand. Ich riß den Killer in das Büro, sorgte aber dafür, daß die Mündung des Laufs nicht auf mich gerichtet war.

Der Kerl, vom plötzlichen Ruck überrascht, stieß einen Schrei aus. Sein Körper flog mir entgegen. Er drückte ab. Die Garbe fetzte haarscharf an meiner rechten Seite vorbei in den Raum und riß die Vertäfelung neben dem Bücherregal von der Wand.

Verzweifelt bemühte der Kerl sich, die Waffe freizubekommen. Ich schlug mit dem Smith and Wesson zu. Der Stahl knallte gegen den Schädel des Gangsters. Ein Schrei entrang sich seinen Lippen. Der Körper knickte ein und fiel mir entgegen.

Ich riß dem Killer die MPi aus der Hand, warf sie hinter mich und nutzte den Augenblick, um mich zu orientieren. Ich trat vor und spähte in den Flur. Rechts

119

tauchten Wachmänner auf. Links klang das Getrappel sich entfernender Schritte auf. Ich sah einen schlanken Mann, der gehetzt davonlief. Als er die Halle erreichte, drehte er sich um. Sein Gesicht war angstverzerrt. Die Mundwinkel zuckten. In den Augen lag so etwas wie Irrsinn. Der Mann warf sich herum und verschwand Sekunden später aus meinem Blickfeld.

Ich hatte es also mit drei Killern zu tun gehabt. Ich lief los, um den Mann zu fassen. Ich wurde gestoppt von der scharfen Stimme eines Unterleutnants, der mitten im Gang stand und einen belgischen Sturmkarabiner auf mich anlegte.

Ich blieb stehen und hob die Hände. Spanisch sagte ich: »Ich gehöre zu den Opfern, Leutnant. Hören Sie auf mit dem Unsinn!«

»Keine Bewegung!« zischte er und nickte seinen beiden Soldaten zu. Die setzten sich mit gezogenen Waffen in Bewegung, bohrten mir die Läufe in den Bauch und warteten, bis ihr Vorgesetzter heran war. Handschellen klirrten. Ich schüttelte den Kopf und sagte: »Ich bin angegriffen worden, begreifen Sie? Ich bin Polizeibeamter!«

Er grinste. »Das wird sich herausstellen Amigo. Jetzt seien Sie ganz brav, sonst geht mein Gewehr los!«

Ich seufzte auf und fand wieder einmal bestätigt, daß die Welt – wenn überhaupt – an der dreistforschen Dummheit von Leuten zugrunde geht, die erst handeln und dann denken. Ein Soldat wollte mir Handschellen anlegen. Er hätte es auch getan, wenn nicht in diesem Augenblick Richter Rialdo aufgetaucht und dazwischengefahren wäre: »Lassen Sie den Unsinn, Mann!« herrschte er den Soldaten an. »Mr. Cotton ist mein Gast. Kümmern Sie sich vielmehr um diese Leute da!«

Er deutete auf die im Gang liegenden Polizisten und die Gangster, die er mit einem bitterbösen Blick bedachte. »Sorgen Sie dafür, daß die beiden Zivilisten keinen Fluchtversuch unternehmen können! Legen Sie sie in Ketten! Haben Sie verstanden, Teniente?«

»Sí, Señor«, beeilte sich der Unterleutnant zu sagen. Ich atmete befreit auf, als ich sah, daß die Männer die beiden Killer wie Wertpakete verschnürten.

Richter Rialdo kam auf mich zu. Er streckte mir die Rechte entgegen. »Ich habe mich wohl nicht sehr tapfer benommen, nicht wahr, Mr. Cotton?«

»Sie haben in dieser Situation das einzig Vernünftige getan«, widersprach ich und meinte es so. »Ich hoffe nur ...«

»Ja!« unterbrach er mich. »Nun bin ich von Ihrer Darstellung überzeugt. Kommen Sie, Mr. Cotton! Wir haben keine Zeit mehr zu verlieren.« Er zog mich mit sich nach rechts. Wir bogen nach zehn Metern in einen anderen Gang ein und gelangten an eine Stahltür, die auf ein Klingelzeichen hin geöffnet wurde. Die Fenster in diesem Bereich waren mit schweren Gittern gesichert. Durch sie wurde ein großer Innenhof sichtbar. Und eine Gruppe von Männern, die eine Frau umstanden. Sie alle warteten in sichtlicher Nervosität.

Wir gelangten durch eine Schleuse in den Gefängnisbau. Eine Minute später erreichten wir den Ort der Hinrichtung. Männer liefen auf den Richter zu. Der Staatsanwalt rief empört: »Das wird aber höchste Zeit, Señor!«

Richter Rialdo winkte ab. »Reden Sie keinen Unsinn!« knurrte er den Ankläger an. »Die Hinrichtung findet nicht statt. Sie ist aufgeschoben, verstanden?«

Ich sah Juana Lopez. Ich sah ihr bleiches Gesicht, in dem riesengroß die Augen wie Lichter flackerten. Ich sah ihre Ängste und Nöte. Ich wußte genau, daß sie die Worte gehört, aber noch nicht ganz begriffen hatte. Ich ging auf sie zu, blieb stehen und sagte leise:

»Sie werden leben, Señorita. Sie brauchen keine Angst mehr zu haben.«

Sie schüttelte den Kopf, unfähig, ein Wort zu sagen. Ich lächelte sie an. Und dann begann ich, die Stricke zu lösen, mit denen die junge Frau an die Bretterwand gebunden war.

Juana Lopez sank mir in die Arme. Ich spürte ihren zitternden Körper, die Arme, die sich an mich klammerten, als wollten sie niemals mehr loslassen. Sie schluchzte. Sie konnte es nicht fassen, gerettet zu sein. Ich führte sie zu Richter Rialdo, der erregt auf den Staatsanwalt einredete. Von ihm hörte sie die Bestätigung meiner Worte.

»Bedanken Sie sich bei Mr. Cotton, Señorita!« sagte der noch immer geschockte Jurist. »Er hat Sie gerettet und dabei sein eigenes Leben beinahe geopfert.«

Ich winkte ab. Für mich war das eine Selbstverständlichkeit, einen Unschuldigen zu retten. Noch selbstverständlicher war es, daß wir die Schuldigen zu finden hatten, jene Gangster, die mit dem Tod dieser jungen Frau Riesengeschäfte hatten machen wollen.

Dieses bitterböse Spiel war noch nicht zu Ende. Nur zu gut erinnerte ich mich jenes Mannes, der nach dem Anschlag gegen uns im Gerichtsgebäude geflüchtet war. Es war anzunehmen, daß er seine Hintermänner bereits über den Fehlschlag des Angriffs informiert hatte. Das aber bedeutete, weder Juana Lopez noch ich waren außer Gefahr. Im Gegenteil, jetzt würden die Gangster erst recht dafür sorgen, daß wir das Land nicht lebend verlassen konnten.

Ich rechnete mit dem Schlimmsten. Deshalb wollte ich es nicht zulassen, daß Juana schutzlos abreiste, sobald die Formalitäten ihrer Freilassung erledigt waren. Ich nickte Richter Rialdo zu und sagte leise: »Ich hoffe, Sie werden mir gestatten, die gefaßten Killer zu vernehmen?«

Rialdo streckte mir die Hand entgegen: »Selbstverständlich, Mr. Cotton. Ich verspreche Ihnen auch, daß diese Frau, die beinahe Opfer eines Komplotts geworden wäre, in zehn Minuten das Gefängnis verlassen kann. Ihnen werden keine Steine mehr in den Weg gelegt.«

Ich atmete auf. Zwar glaubte ich nicht daran, daß die Vernehmung viel erbringen würde, doch mußte ich einen Versuch wagen. Hin und wieder geschehen tatsächlich noch Wunder. Die Rettung Juanas hatte das bewiesen.

Raúl Delgados Hände zitterten. In seinem Blick irrlichterte die Angst davor, nicht nur endgültig das große Spiel verloren zu haben, sondern plötzlich Zielscheibe jener New Yorker Gangsterbosse zu werden, mit denen er die Verschwörung gegen Präsident Rodriguez ausgeklügelt hatte.

Ihm war klar, daß auch sie die gefährliche Lage erkannt hatte, daß es auch für sie nun darum ging, für Sicherheit zu sorgen. Das aber konnte nur bedeuten, sämtliche lästigen Zeugen loszuwerden.

Er aber – Raúl Delgado – war mehr als lästig. Er hatte sich außerdem noch als zu kostspielig und als feige erwiesen, als die Abgesandten aus New York versucht hatten, den G-man Jerry Cotton im Justizgebäude zu töten.

Er wußte ganz genau, daß sein Versagen zum Erfolg Cottons geführt hatte. Wäre er nicht davongelaufen, sondern hätte die Chance zum Schießen genutzt, wäre der Special Agent zur Hölle gefahren. Juana Lopez wäre inzwischen gestorben. Damit wäre alles gerettet gewesen.

Nun aber war die Chance, das Blatt noch einmal zu

wenden, sehr gering geworden. Stanley und McGovern waren verhaftet. McGovern, so schien es, war so schwer verletzt, daß mit ihm nicht mehr zu rechnen war. Stanley aber würde einen Weg finden, um New York über sein, Delgados, Versagen zu informieren. Damit war sein Leben weniger als der Dreck unter dem Schwanz eines streunenden Hundes wert.

Delgado zündete sich mit flatternden Händen ein Zigarillo an, sog den Rauch tief ein und preßte die heiße Stirn gegen die Fensterscheibe. Er starrte blicklos hinaus, sah verschwommen den fließenden Verkehr und fragte sich, was er unternehmen konnte. Vor zehn Minuten hatte er Rock Bernard in New York angerufen und von dem Fehlschlag berichtet.

Der Mafioso hatte eine Weile geschwiegen, um dann explodierend zu brüllen:

»Schwachköpfe! Weißt du, was jetzt sein wird? Ich will es dir sagen, Delgado. Jetzt wird der FBI alles in Bewegung setzen, um uns zu kippen. Jetzt sind wir im Eimer!«

Delgado stöhnte auf. Er wußte nur zu gut, daß sein Boß recht hatte. Und die Leute in New York würden nicht tatenlos zusehen. Daß sie schnell reagieren konnten, war bewiesen, als man Cotton zu töten versucht hatte. Nur war das fehlgeschlagen. Zweimal an einem Tag.

Cotton!

Die Hände des elegant gekleideten Gangster-Diplomaten ballten sich zu harten Fäusten. Nur diesem G-man aus New York war zu verdanken, daß die große, gutangelegte Sache vollends zerstört zu werden drohte. Ohne sein Erscheinen wären die Dinge so abgelaufen, wie sie geplant gewesen waren. Gab es eine Möglichkeit, das Spiel zu retten?

Delgado drehte sich um. Sein Gesicht war zerfurcht. Er trat an die kleine Bar am Kopfende des Apartments und schenkte sich einen Whisky ein. Er trank das Glas in einem Zug leer.

Es gibt nur dann eine Rettung, sagte er sich, wenn es gelingt, Cotton auszuschalten. Dieser Mann darf das Land nicht lebend verlassen. Er muß getötet werden! Schafft er es, nach New York zurückzukehren, setzt er eine Lawine in Gang, die uns alle unter sich begraben wird.

Stirbt er, sind wir wieder im Vorteil. Dann arbeitet die Zeit für uns. Die Wahl des neuen Präsidenten wird stattfinden und unseren Sieg bringen . . . das aber setzt voraus, daß Juana Lopez nicht mehr in den Wahlkampf eingreifen kann. Auch sie muß sterben!

Delgado nickte sich im Spiegel der Bar zu. Seine Lippen waren blau angelaufen. Er nahm das Zigarillo aus dem Mund, ging wieder auf und ab und dachte darüber nach, wie er den FBI-Mann aus New York zusammen mit Juana Lopez endgültig treffen konnte.

Aus Sicherheitsgründen würden die beiden den Landweg nach San Pedro Sula nicht nehmen. Sie mußten ja mit weiteren Anschlägen rechnen. Sie würden fliegen. Für Cotton war es keine Schwierigkeit, sich einen Hubschrauber zu beschaffen. Hier in Quimistán gab es ein Unternehmen, das über einen verfügte. Außerdem würde die Armee nicht nein sagen, wenn Cotton um einen Flug nach San Pedro Sula bat.

Delgado preßte die Lippen hart aufeinander. Das war die Idee! Auf dem kleinen Stützpunkt am Stadtrand hatte er genügend Freunde. Es gab Offiziere, die ihm verpflichtet waren und eine Menge kassiert hatten, als es darum ging, Rauschgift aus dem Land zu bringen. Da war Capitán Lerida, der Mann, der für die Sicherheit der militärischen Anlage verantwortlich war. Er und seine Leute hatten freien Zugang zu allen Plätzen. Auch zum Helicopter-Hangar!

Delgados Herz schlug schneller. Wenn seine Rechnung aufging, daß Cotton und Juana Lopez einen Hubschrauber nahmen, dann konnte er das Blatt in letzter Sekunde noch wenden. Am sichersten würde sein, in die einzige zur Verfügung stehende Maschine eine Zeitbombe einzubauen. Richtig dosiert und richtig eingestellt, würde sie die Maschine über dem Dschungel zerfetzen. Mit ihr die Insassen. Von Cotton – und seinen so unendlich gefährlichen Unterlagen – würde niemals mehr eine Spur auftauchen. Der Urwald verschlingt alles . . .

Delgado warf sich in einen Sessel und zog den Telefonapparat an sich heran. Er nahm den Hörer ab und wählte eine vierstellige Nummer. Schon nach dem zweiten Freizeichen meldete sich eine verschlafene Stimme: »Cuartel de Seguridad. Was ist los?«

»Stellen Sie mich sofort zu Capitán Lerida durch!« bellte Delgado, um seinem Wunsch den nötigen Nachdruck zu geben.

Der Mann gehorchte. Zwei Sekunden später meldete sich Lerida.

»Ist die Leitung sauber, Jaime?« fragte Delgado heiser.

»Ja, du kannst sprechen, mein Freund. Was gibt es?«

Delgado erläuterte seinen Plan. Lerida hörte, ohne zu unterbrechen, zu. Dann seufzte er und sagte: »Du verlangst viel, mein Freund. Es ist unsere einzige Maschine hier draußen. Was machen wir, wenn wir sie verloren haben?«

»Dann meldet ihr, daß verdammte Guerillas sie in die Luft geblasen haben.«

Lerida lachte auf. »Natürlich, Raúl, so wird es sein. Nur handelt es sich um sehr viel Geld, das da zerfetzt wird. Du verstehst?«

Delgado nickte. Er verstand nur zu gut, daß Lerida den Preis hochtreiben wollte. Dem Offizier der kleinen Einheit mußte bereits etwas von dem blutigen Anschlag in Quimistán zu Ohren gekommen sein. Er war nicht dumm und konnte sich ausrechnen, worum es ging.

»10 000«, sagte er ruhig.

»Oh, das ist wenig, wenn du berücksichtigst, daß ich andere Männer zu schmieren habe, Raúl.«

»Wieviel willst du?«

»30 000. In guten US-Dollars.«

»Verfügst du über den Sprengstoff?«

»Das ist kein Problem. Ich baue dir ein, was du willst.«

»Gut«, sagte Delgado. »Du bekommst die 30 000. Vorausgesetzt, Cotton benutzt die Maschine.«

Lerida lachte auf.

»Es ist so, mein Freund. Man hat sich bereits mit uns in Verbindung gesetzt und gebeten, zwei wichtige Gäste unseres Landes nach San Pedro Sula zu fliegen. Ich habe Anweisung, dafür zu sorgen, daß sie sicher zum Abflugplatz kommen.«

»Cotton und Juana Lopez?«

»Genau die, mein Freund.«

»Für wann ist der Abflug angesetzt?«

»Für 10.30 Uhr.«

Delgado blickte auf seine Rolex. »Dann haben wir noch eine halbe Stunde. Wirst du es schaffen?«

»Ich denke schon. Verlaß dich nur auf mich!«

Delgado spürte den Schweiß, der ihm in Strömen aus den Poren rann. Sein Herz raste. Er konnte die Sache wieder aus dem Feuer reißen. Dumpf sagte er: »Es muß funktionieren, Jaime! Wenn es hinhaut, bist du ein reicher Mann. Ich lege dann noch 20 000 Dollar drauf. Hast du verstanden?«

»Du bist ein guter Junge, Raúl«, gab Lerida zurück. »Mach dir keine Sorgen! Die Summe werde ich nicht fortfliegen lassen.«

Delgado legte auf. Sein Gesicht nahm wieder Farbe an. Er entschloß sich, New York anzurufen, um über die erfreuliche Entwicklung zu berichten. Aber vorher nahm er noch einen Schluck Whisky.

VIII

10.12 Uhr.

Mein Chef, Mr. John D. High, unterbrach mich nicht, als ich ihm einen gerafften Bericht gab. Erst als ich bekanntgab, daß die beiden Killer in Gewahrsam genommen worden waren, sagte er: »Haben Sie Gelegenheit gehabt, die Männer zu vernehmen?«

»Richter Rialdo hat es zugelassen, Chef. Aber leider brachte das nichts. McGovern ist noch immer bewußtlos, Stanley spielt den Knochenharten. Wahrscheinlich rechnet er damit, von seinen Komplicen freigekauft oder herausgehauen zu werden.«

»Was weiß das Opfer – Juana Lopez?«

Mein Blick glitt über den Richter hinweg, der hinter seinem Schreibtisch saß und in einer Akte blätterte, und fiel auf Juana, die neben dem Fenster stand und nach draußen gegen die hohe Mauer starrte, hinter der sie um ein Haar erschossen worden wäre. Sie hielt die Hände wie zum Gebet gefaltet vor die Brust. Ihr Profil war mir zugewandt.

»Nicht viel, Chef. Ich nehme an, daß sie dieses oder jenes Steinchen zum Mosaik beitragen kann. Auch glaube ich, daß sie unbewußt über Kenntnisse verfügt. Aber das kann man erst feststellen, wenn wir ihre lückenlose Aussage haben.«

»So wird es sein. Einen Augenblick bitte! Ich glaube, da kommt der Anruf aus dem Krankenhaus, um den Sie gebeten haben.«

Ich hörte ein Rauschen in der Leitung. Meine Sinne waren gespannt, obwohl ich müde wie ein Hund war. Meine erste Frage hatte dem Ergehen Phils gegolten. Ich war in Sorge um ihn, seitdem ich wußte, daß er an geschossen worden war. Mr. High meldete sich wieder. Seine Stimme klang gelöst: »Es besteht kein Anlaß zu ernsthafter Sorge, Jerry. Phil ist in besten Händen und hat bereits seine Entlassung verlangt.«

Ich atmete auf. »Danke«, sagte ich und fügte hinzu, daß ich mit Juana Lopez um 10.30 Uhr in einem Helicopter der Armee nach San Pedro Sula abfliegen würde. »Der Auftrag hier ist erledigt«, sagte ich. »Ich denke, die Fäden des Falles laufen in New York zusammen.«

»Danach sieht es aus. Seien Sie vorsichtig, Jerry! Wir müssen damit rechnen, daß erneut versucht wird, Sie auszuschalten. Sie und Juana Lopez.«

Ich versprach es unserem Chef und legte dann auf.

Juana Lopez drehte sich um. Aus großen, warmen Augen sah sie mich an. Ich hatte das Gefühl, als wären heiße Scheinwerfer auf mich gerichtet. Ich schluckte. Sie war so unendlich schön, eine Frau, von der man nur träumen kann.

Sie kam auf mich zu, blieb vor mir stehen und sagte weich: »Ich weiß nicht, wie ich das je wiedergutmachen kann, Jerry. Ich möchte es so gerne!«

Sie umschlang meinen Hals und küßte mich voll Dankbarkeit.

Ich löste mich von ihr. Meine Stimme war rauh. »Ich habe nur meine Pflicht getan, Juana.«

»Es war mehr, Jerry. Richter Rialdo hat mir erzählt . . .

»Hör auf, bitte!« wehrte ich verlegen ab.

Richter Rialdo lächelte. Er stand auf, nickte verstehend und sagte: »Soweit es die Auslieferung der beiden Killer angeht, werde ich dafür sorgen, daß es keine bürokratischen Hindernisse gibt, Mr. Cotton. Sobald Ihre Botschaft das Ersuchen gestellt hat, werden McGovern und Stanley auf die Reise geschickt.«

Der kleine Mann war wie umgewandelt. Ich hatte

das Gefühl, er wolle jetzt um jeden Preis dazu beitragen, daß die Verbrecher, die Juana in diese tödliche Falle gelockt hatten, zur Strecke gebracht wurden.

Ich dankte ihm und reichte ihm die Hand. Dann kontrollierte ich die Ladung meines Revolvers. Mir war klar, daß wir mit allem zu rechnen hatten. Möglich, daß die Gegenseite einen weiteren Mordversuch unternahm. Sicher aber, daß ich alles tun würde, um ein solches Vorhaben zu vereiteln.

Juana Lopez und ich verließen das Büro des Richters. Draußen warteten vier Polizisten, die mit Sturmkarabinern bewaffnet waren. Wir schritten durch den Gang. Wir erreichten den Hof, auf dem ein gepanzerter Mannschaftswagen der Armee wartete. Wir stiegen ein.

Der schwere Diesel brüllte auf. Krachend flog der Gang in die Rasterung. Holpernd setzte sich das schwere Gefährt in Bewegung. Der junge Leutnant, der das Kommando über den Kampfwagen hatte, drehte sich zu uns um und lächelte. »Sie brauchen keine Sorge zu haben, daß noch was schiefgeht, Señor«, sagte er kehlig und deutete auf das schwere Maschinengewehr, das von einem jungen Indio bedient wurde. »Wer auch immer angreift, er wird es nicht schaffen.«

»Ich hoffe es«, sagte ich mit einem Gefühl, daß trotz aller Sicherheitsmaßnahmen eine tödliche Überraschung auf uns wartete. –

Zum erstenmal in seinem Leben verspürte Rock Bernard, der Syndikatsboß, so etwas wie Untergangsstimmung. Die Mißerfolge der letzten Zeit machten ihm zu schaffen. Er hatte seine besten Leute auf G-man Jerry Cotton angesetzt, aber sie waren wie Anfänger gescheitert.

Weil das so war, konnte ihn der Anruf Raúl Delgados aus Honduras auch nicht beruhigen. Das eine ist, einen Mann getötet zu wissen, das andere, zu hoffen, daß Sprengstoff ihn zerreißt. Zuviel war schiefgelaufen. Es schien eine Serie zu sein, deren Ende nicht abzusehen war.

Bernard drehte sich im Sessel. Von seiner Zigarre fiel Asche auf den Teppich. Es kümmerte ihn heute nicht, obwohl er ansonsten pingelig wie eine putzsüchtige Hausfrau sein konnte. Er beugte sich über den blankpolierten Schreibtisch und blinzelte Charles Manchester an, der vor einer Stunde aus der Karibik zurückgekehrt war. »Wie sieht es auf der Insel aus, Charles?«

Manchester setzte sein halbgefülltes Brandyglas ab. »Bestens, Boß. Sanchez macht sich zwar nach wie vor in die Hose. Aber ich glaube ihn überzeugt zu haben, daß er keine andere Wahl mehr hat. Die richtigen Leute sind geschmiert. Zur Sicherheit habe ich einige Dollars an Leute gezahlt, die etwas am Wahlergebnis drehen können. Falls die Stimmen doch nicht so verteilt werden, wie wir uns das vorstellen.«

»Gut, gut«, dröhnte Bernard fahrig. Seine Rechte wischte über die Tischplatte. »Vielleicht schaffen wir es noch . . .«

»Was bereitet dir Sorgen, Boß?«

Bernard stöhnte auf. »Girona hat den Stein ins Rollen gebracht, als er sich dummerweise mit Cotton anlegte. Dadurch ist dieser Schnüffler ihm auf die Spur gekommen. Das allein wäre kein Schaden gewesen. Aber dummerweise kam Izquierda mit dem Leben davon. Der hat natürlich ausgepackt, nachdem er erfuhr, daß wir ihn aus Sicherheitsgründen fallengelassen haben. Die Lopez ist von Cotton in letzter Sekunde vor den Läufen des Erschießungskommandos weggezerrt worden. Dieser Bastard hat vier unserer besten Leute

ausgeschaltet . . . dann haben wir diesen hurenge-
sichtigen Delgado, der . . . ich traue ihm nicht,
Charles. Er ist der typische Verräter, der seine eigene
Mutter verscherbelt, wenn es ihm einen Vorteil verschafft.«

»Soll ich dafür sorgen, daß er unschädlich . . .«

»Das hat noch Zeit, Charles. Was ich mich frage, ist,
ob er log, als er behauptete, daß er in Cottons Hubschrauber eine Bombe anbringen werde. Ich weiß
nicht, Charles, ich weiß nicht . . .«

Manchester nahm einen Schluck. »Du zweifelst!«

»Genau.«

»Er hätte nichts davon, wenn er lügt. Ganz im Gegenteil.«

»Er gewinnt Zeit, um sich abzusetzen, Charles.«

»Wie will er den Coup durchführen?«

»Er hat den Chef des Sicherheitsdienstes für den
Plan gewonnen – für einen Haufen Zaster, behauptet
er.«

Charles Manchester nickte. »Meinst du Capitán Lerida?«

»Den, Charles. Ich habe versucht, ihn an die Strippe
zu bekommen. Es hat leider nicht funktioniert.«

»Ich werde es noch einmal versuchen. Gib mir die
Nummer!«

Manchester telefonierte. Er kam durch. Es dauerte
eine Minute, bis er Capitán Lerida in der Leitung
hatte. Um seine Lippen spielte ein zufriedenes Lächeln, als er den Hörer an seinen Boß weiterreichte.

Bernard schnaufte: »Ich habe mit Delgado gespro-
chen«, knurrte er. »Er sagte mir, daß um 10.30 Uhr ein
Flug nach San Pedro Sula mit wichtigen Gästen an
Bord geht. Ich will wissen, was mit ihnen geschieht,
Lerida!«

Ein Lachen klang auf. »Oh, sie werden einen Ehren-
platz in der Hölle bekommen, Señor. Das ist sicher.«

Bernard biß sich auf die Lippen. »Ich will keine Sprüche, ich will es genau wissen. Ist der Apparat bereits eingebaut?«

»Aber ja, Señor. Eingebaut und eingestellt.«

»Für wann?«

»Für 10.45 Uhr. Dann wird der Copter über dem Dschungel sein, in einem Gebiet, das von den Guerilla verseucht ist. Jeder wird sagen, die Rebellen hätten die Kiste abgeschossen.«

Bernard atmete auf. »Gut, gut«, dröhnte er. »Noch eine Frage! Wo befindet sich Delgado im Augenblick?«

»Er kommt gerade durch das Tor auf mein Büro zu. Warum fragen Sie?«

»Weil«, krächzte Bernard, »ich will, daß er den heutigen Abend nicht mehr überlebt.«

»Oh, das ist aber schlecht. Er hat mir eine Menge Zaster versprochen, Señor. Und ich möchte darauf nicht verzichten.«

»Du wirst das Geld von mir erhalten. Außerdem eine Prämie von 10 000 Dollar, wenn du Delgado für immer verschwinden läßt. Ist das in Ordnung?«

»Sí, Señor«, kam es kalt über die Leitung. »Wenn Sie mir das sagen, ist das für mich ein Befehl.«

»Ich erwarte die Meldung, sobald du ihn erledigt hast, Lerida. Ruf in New York an, verstanden?«

»Verstanden«, kam es glatt über die Leitung. Bernard legte auf. Er ließ sich in den schweren Sessel fallen. »Es scheint noch mal gutzugehen«, sagte er erfreut. »Delgado hat nicht gelogen. Aber viel Freude wird er daran nicht haben.«

Er lachte meckernd auf, langte dann nach der Flasche und schenkte sich ein. Er war wieder ruhig. Das Glück, sagte er sich, hat dich doch noch nicht verlassen.

An die Menschen, die in wenigen Minuten von einer Bombe zerrissen werden würden, verschwendete dieser skrupellose Verbrecher keinen Gedanken.

Er dachte nur an die vielen Millionen Dollar, die ihm die Tatsache, daß er bald über einen leibhaftigen Präsidenten verfügen konnte, einbringen würden. Er war sicher, daß es ihm eines Tages mit einer solchen Macht im Rücken auch gelingen würde, das gesamte organisierte Verbrechen in seine Hand zu bekommen. Dann aber, das war klar, gab es keine Macht, die ihn noch stoppen konnte.

»Cheers«, sagte er zu Manchester.

Der nickte und trank.

Der gepanzerte Mannschaftswagen kam zum Stehen. Der schwere Motor erstarb mit einem tiefen Blubbern. Dann wurde die Heckklappe heruntergefahren, und die beiden Soldaten, die neben dem Offizier und dem MG-Schützen zu unserer Sicherheit abgestellt waren, stiegen aus. Die Waffen hielten sie schußbereit im Anschlag.

Juana blieb sitzen, obwohl die Hitze in der Enge des Panzerfahrzeugs ihr sichtlich zu schaffen machte. Wie ich hörte sie das Flappen der Helicopterrotoren. In ihren Augen stand eine Frage, die ich mir nicht erklären konnte.

»Was ist, Juana?« fragte ich leise.

Sie hob die Schultern. »Was wird nach San Pedro Sula sein?« kam fast unhörbar ihre Stimme.

Ich runzelte die Stirn. »Wie soll ich das verstehen?«

Sie zögerte. Sekunden später war sie bei mir, schlang mir die Arme um die Schultern und drückte mir einen Kuß auf die Lippen. »Unsere Wege werden sich trennen, nicht wahr? Wir werden uns niemals wiedersehen. Ist es so?«

Ihre warmen großen Augen waren dicht vor den

meinen. Ich roch ihr Parfüm. Mein Herz schlug schneller. »So sollte es sein«, sagte ich rauh, »muß aber nicht.«

»Heißt das . . .?«

»Ich weiß nicht, was es heißt«, gab ich leise zurück. »Ich weiß nur, es ist total verrückt, was ich fühle.«

Sie lächelte. Ihre Hände strichen über meine Brust. »Es mag wie in einem schlechten Film klingen, Jerry, aber . . . ich liebe dich.«

»Wahrhaftig, Juana?«

»Ja und ja!«

Ich zog sie aus dem Wagen. Ich spähte über den weiten Platz mit seinen Militärbaracken und dem kleinen abgesteckten Landeplatz. Ich entdeckte das Tor. Davor einige Soldaten und Männer, die sich auf die Befehlsbaracke zu bewegten. Einige unter ihnen in Zivil.

»Ja!« sagte Juana wieder.

Ich drückte ihre Hand, die sich in meine Rechte schob. Ich sagte: »Ist es nicht vielmehr so, daß du einfach nur dankbar dafür bist, daß ich deine Rettung auslöste!«

Sie schüttelte den Kopf. Die von den Rotoren des Hubschraubers gepeitschte Luft ließ ihr langes schwarzes Haar auffliegen. Von links tauchte ein Offizier auf. An den Schulterklappen sah ich, daß es sich um einen Capitán handelte. Er trug am Gürtel eine schwere Army Colt-Pistole, Kaliber 45.

»Nein, Jerry«, sagte Juana. »Ich habe darüber nachgedacht, aber es ist nicht so. Es mag dadurch ausgelöst worden sein, aber . . . es ist ganz tief. Darf ich dich nach New York begleiten?«

Ich hatte keine Zeit mehr zur Antwort. Der Capitán war bis auf drei Meter heran. Sein weißes Gebiß blitzte in der Sonne. Er lachte uns zu. Aber dann erlosch die Freundlichkeit in seinen Augen. Ich folgte seinem jäh

136

starr gewordenen Blick, entdeckte einen hochgewachsenen, in einem eleganten grauen Anzug steckenden schwarzhaarigen Mann und zuckte zusammen.

Dieses Gesicht hatte ich gesehen!

Der Capitán wurde bleich.

Ich roch seine plötzliche Angst, ohne sie mir erklären zu können. Der Elegante schien nicht bewaffnet zu sein und keinerlei feindliche Absichten zu haben. Er hob den rechten Arm und grüßte.

Wo hatte ich nur dieses Gesicht schon einmal vor Augen gehabt? Es war mit Sicherheit keine gute Situation gewesen. Gefahr war um mich gewesen. Ich griff nach Juanas Arm und sagte hart: »Steig in den Helicopter, Mädchen!«

»Allein?« fragte sie zurück.

»Steig ein!« wiederholte ich.

Ich hörte ihr Seufzen, dann den überraschten Ausruf: »Aber das ist ja Raúl!«

Ich fuhr herum.

»Wen meinst du?«

Sie deutete auf den Eleganten.

Der Capitán machte einen Schritt auf ihn zu. Ich sah, wie er nach seiner schweren Pistole griff. Der Zivilist blieb abrupt stehen. Aus seinem Gesicht wich alle Farbe. Der Captán zischte ihm irgend etwas zu. Der Mann blieb stehen. Er hob die rechte Hand. Sein Gesicht war plötzlich verzerrt. In dieser Sekunde fiel mir schlagartig ein, wo ich ihn gesehen hatte.

Im Gerichtsgebäude, Sekunden nach dem Attentat auf mich! Dieser Mann hatte zu den Killern gehört und war geflüchtet.

»Wer ist Delgado?« fragte ich Juana.

»Ein Vertrauter meines Vaters, der sich hier um mich gekümmert hat«, kam hastig die Antwort des Mädchens.

Mir fiel es wie Schuppen von den Augen. Ohne nähere Einzelheiten zu kennen, wußte ich die Rolle dieses Mannes, der jetzt den Kopf schüttelte, während seine Hand in der Innentasche der Jacke verschwand.

Der Capitán hatte die Pistole draußen. Er riß sie hoch.

Ich jagte los.

Der Capitán duckte sich, und faßte die schwere Waffe mit beiden Händen, um besser schießen zu können.

Ich zog meinen 38er.

Delgado drehte sich ab. Er lief auf den Panzerwagen zu, um hinter dessen schweren Stahlplatten Schutz zu suchen.

Der Capitán schoß.

Ich war heran. Ich wuchtete dem Offizier mit dem Fuß die Pistole aus den Händen und brüllte: »Wir brauchen ihn lebend, Mann!«

Der Capitán schrie auf. Er starrte mich haßerfüllt an. Seine Augen rollten. Er griff nach seiner Pistole. Ich sah die Mordabsicht in seinen Augen, ohne sie erklären zu können. Vom Tor her näherten sich Soldaten. Mir war klar, daß sie ihren Offizier unterstützen würden. Ich ließ den 38er gegen den Kopf des Mannes fliegen.

Der Capitán brach wie gefällt zusammen.

Delgado tauchte hinter dem Panzerwagen unter.

Ich wußte nicht, was er vorhatte. Ich sah nur Juana, die zwischen Mannschaftswagen und Helicopter hilflos dastand. Ich ahnte die Rolle des Kerls. Und ich rannte los.

Gebrüll erklang. Mitten hinein fiel ein Schuß.

Juana zuckte zusammen. Sie riß die Arme hoch.

Ein heftiger Schmerz jagte durch mich. Ich prallte gegen die Platten des Militärfahrzeugs. Hinten an der Klappe tauchte Delgado auf. Sein Gesicht war weiß wie ein Laken. In seiner Hand drohte eine Pistole.

»Fallenlassen!« brüllte ich ihn an.

Delgado schrak zusammen. Er warf sich herum. Die Waffe schwenkte auf mich zu. Ich flog ihm entgegen und knallte ihm den Lauf meines Smith and Wesson gegen den Arm.

Delgado brüllte wie am Spieß. Doch die Waffe fiel in den Staub. Ich rammte ihm meinen 38er in den Rücken und schrie: »In den Helicopter, Mann!«

Er wankte los.

Neben mir tauchte der junge Kommandant des Panzerwagens auf. »Was ist geschehen?« brach es aus ihm heraus. Die Maschinenpistole lag schußbereit in seinen Fäusten.

»Ein weiterer Versuch, uns zu töten!« sagte ich hart und sicherte mit der Waffe nach hinten. Soldaten liefen auf uns zu. Ich war sicher, daß wir in letzter Minute aufgehalten werden sollten. Ich sagte hastig: »Halten Sie mir die Kerle dort vom Leib!«

Der junge Leutnant reagierte sofort. Er warf sich herum. Er schrie Befehle. Seine Soldaten rissen die Waffen hoch und drohten auf den weiten Platz. »Keiner rührt sich!« schrie der junge Offizier.

Ich stieß Delgado nach vorn und sagte hart: »Du steigst mit in den Helicopter, mein Freund, verstanden?«

Delgado schmatzte. Seine Antwort war unverständlich, weil das Dröhnen des Hubschraubermotors zu laut wurde. Ich stieß ihn auf Juana zu, die in diesem Augenblick wieder hoch kam. Ich entdeckte Blut auf ihrem Kleid. Mein Herz krampfte sich zusammen. »Wie sieht es mit dir aus?« schrie ich sie an.

Sie schüttelte nur den Kopf und wankte auf mich zu. Sie nahm meinen linken Arm. Wir liefen geduckt auf den Hubschrauber zu. Ich stieß Delgado hinein, half Juana über die Hürde und warf mich dann selbst auf den Sitz. Durch die Plexiglasscheibe sah ich, wie der junge Leutnant unten für Ordnung sorgte.

Zwei Gruppen von Soldaten standen sich mit schußbereiten Maschinenkarabinern gegenüber. Der Capitán, den ich niedergeschlagen hatte, drohte mit den Fäusten und deutete immer wieder auf unseren Hubschrauber. Aber er schien sich gegen unseren Leutnant nicht durchsetzen zu können. Ich hielt Delgado mit dem 38er in Schach, nickte dem Piloten zu und sagte: »Ziehen Sie die Kiste hoch, Major!«

Der Mann gehorchte. Die Rotoren drehten höher. Durch die Maschine ging ein sanfter Ruck, als sie abhob. Wir wurden in die Sitze gepreßt. Dächer von langgestreckten Baracken waren plötzlich unter uns, und dann einige Hütten und der Dschungel, aus dem weißer Dunst stieg.

Ich atmete befreit auf.

»Wollen Sie noch immer nach San Pedro Sula?« fragte in diesem Augenblick der Pilot.

»Ja«, gab ich zurück. Ich musterte das verzerrte Gesicht Delgados, sah dann Juana an. »Er hat auf dich geschossen, nicht wahr?«

Sie nickte noch immer fassungslos. »Ja, das hat er. Nur weiß ich nicht, warum, Jerry.«

Delgado machte sich auf dem Rücksitz ganz klein. Nicht nur die Hände, der ganze Körper zitterte. Ich sagte: »Aber ich weiß es, Juana. Dieser Mann, der dein Vertrauen genoß, ist mit den Gangstern im Bunde, die dich um jeden Preis töten wollten. Er hat ebenso deinen Vater hintergangen. Warum, Delgado, warum?«

Der Gangster hatte nichts mehr von seiner Eleganz an sich. Seine Lippen nahmen eine bläuliche Färbung an. Immer wieder schielte er nach seiner Uhr.

Es war 10.39 Uhr.

»Fliegen Sie zurück!« schrie Delgado plötzlich. »Sie haben kein Recht, mich einfach zu kidnappen!«

»Sicherlich nicht, Delgado«, gab ich zurück. »Ich

werde Sie deshalb in San Pedro Sula den Behörden übergeben.«

Er schüttelte den Kopf. Seine Augen flackerten. Er kroch noch mehr in sich zusammen, als der Pilot mir auf meine Bitte einen Kasten zeigte, in dem sich Seile befanden. Ich stieg nach hinten und schnürte Delgado wie ein Paket zusammen.

»Was macht deine Verletzung?« fragte ich Juana.

Sie winkte ab. »Es ist nichts, Jerry. Gar nichts«, wiederholte sie.

Ich ließ mir die Wunde an ihrem linken Schenkel zeigen. Es war wirklich nichts. Ein Kratzer, der in wenigen Tagen verheilt sein würde. Ich klebte aus der Bordapotheke ein Pflaster darüber und lehnte mich zurück.

Was hatte dieser Angriff auf dem Stützpunktgelände für eine Bedeutung? Wieso hatte der Capitán nach der Waffe gegriffen? Kannten er und Delgado sich?

10.44 Uhr.

Bis San Pedro Sula brauchten wir etwas mehr als 30 Minuten. Ich rechnete damit, daß wir keine weiteren Schwierigkeiten mit den Behörden haben würden. Meine Kollegen in New York hatten sicherlich bereits alles getan, um die Schwierigkeiten, die noch auftauchen konnten, zu beheben. Was allerdings geschehen konnte, war ein weitere Anschlag.

Ich lehnte mich zurück und beobachtete Delgado. Wenn dieser Mann mit den Gangstern gemeinsame Sache gemacht hatte, war er ein wichtiger Zeuge – falls er bereit war, auszusagen. Ich musterte den Mann, der sich wie ein Fieberkranker schüttelte.

»Wovor haben Sie Angst, Delgado?« fragte ich heiser.

Er starrte auf den Sekundenzeiger seiner Uhr.

»Ist etwas gegen diesen Helicopter geplant?« fragte

ich weiter. Irgendwie, das war klar, spielte die Uhrzeit eine Rolle.

10.46 Uhr.

Unter mir sah ich einen blinkenden Flußlauf. Delgados Gesicht war schweißüberströhmt. Seine Zähne klapperten.

»Sind sie krank, Mann? Kann ich etwas für Sie tun?«

Er schien mich erst jetzt wahrzunehmen. Seine Augen flackerten. Er schüttelte den Kopf. »Nein«, schrie er los, »jetzt kann keiner mehr was tun! Es ist zu spät!«

Ich hatte plötzlich ein flaues Gefühl im Magen. »Wofür zu spät, Delgado? Was wissen Sie!«

Er zerrte an seinen Stricken.

Ich winkte ab. »Geben Sie sich keine Mühe! Auch wenn Sie sich befreien könnten, aus dieser Höhe abzuspringen, würde Ihren Tod bedeuten. Sprechen Sie: Werden wir erwartet?«

»Die Bombe«, sagte er gegen das Heulen der Triebwerkturbine.

Ich wurde starr. »Welche Bombe, Delgado? In diesem Flugzeug?«

Er nickte.

»Wann geht sie hoch?«

»Zu spät!« schrie er wie verwundet auf.

Ich griff nach dem Bordmikrofon, weil der Pilot seinen Helm aufgesetzt hatte, und sagte rauh: »Bringen Sie sofort die Maschine auf die Erde! Wir haben eine Bombe an Bord!«

Der Mann reagierte auf der Stelle. Er drosselte die Turbine und verstellte die Rotoren. Der Helicopter sank rasch. Ich drehte mich zu Delgado um: »Wissen Sie die Zeit der Detonation?«

Es war 10.47 Uhr.

»20 Minuten nach dem Start.«

»Also 10.50 Uhr.«

Er nickte.

Wir hatten noch drei Minuten! Ich starrte hinaus auf die Landschaft. Nur Bäume und wogender Dunst. Nirgendwo ein Landeplatz. Es war zum Verzweifeln. Sollten wir es nicht mehr schaffen? War die Hölle mit dem Gegner im Bunde?

Die Maschine fiel.

Juana klammerte sich an mich. Die Augen des Piloten suchten verzweifelt nach einem Punkt, an dem er den Copter aufsetzen konnte. Ich stieß ihn an. »Da war ein Flußlauf!«

Er nickte. Unter uns rasten die Gipfel der Urwaldbäume hindurch. Ich hörte das Pfeifen des Fahrtwindes. Der Mann am Steuerknüppel riß den Helicopter jäh herum. Ich hatte das Gefühl, daß mein Magen sich umdrehte. Aber der Pilot hatte recht. Es ging um Sekunden.

»Wo ist der Sprengsatz angebracht, Delgado?« brüllte ich gegen das Rauschen an.

Delgado hob die Schultern. »Ich weiß es nicht. Ich weiß nur, daß er von der Hauptölpumpe gesprochen hat.«

»Wo ist sie?« brüllte ich in das Mikro in meiner Hand.

Der Pilot deutete nach unten.

»Genau zwischen den Kufen, Mr. Cotton. Ich glaube nicht, daß da noch etwas zu machen ist. Ich werde die Maschine notfalls einfach fallen lassen. Wenn wir Glück haben, kommen wir davon. Wenn nicht . . .«

Er sprach nicht weiter. Delgado stöhnte laut auf. Juana preßte meine Hand.

10.48 Uhr.

Noch zwei Minuten, wenn der Typ, der die Bombe eingestellt hatte, genaue Arbeit geleistet hatte. Ich öffnete das Schloß des Sicherheitsgurts. Ich riß den Türhebel hoch. Sie flog zurück.

Der Pilot drehte sich zu mir um. »Was haben Sie vor!«

»Kann man den Ölpumpenkasten ohne besondere Verrichtung öffnen?« fragte ich zurück.

»Er wird mit einem normalen Hebel aufgeschlossen«, sagte er.

Ich stieg auf die Kufe. Der Fahrtwind klatschte mir ins Gesicht. Nur wenige Meter unter mir jagten die Baumkronen vorbei. Es war trotz der hohen Außentemperaturen eiskalt. Ich mußte mich mit aller Gewalt festklammern, um nicht weggeweht zu werden. Ich kletterte durch den Zwischenraum der Kufen und starrte auf den aluminiumglitzernden Bauch des Hubschraubers.

Ich entdeckte die Klappe.

Ich konnte sie nur dann erreichen, wenn ich mich an eine der Kufen hängte und versuchte, mit der anderen Hand zu arbeiten.

Mir blieben noch anderthalb Minuten.

Ich mußte es wagen. Und ich wagte es.

Ich ließ mich nach unten. Ich hing an der Kufe. Mein Körper wurde hin und her gerissen. Ich ließ die Linke los. Jetzt hielt mich nur noch die Kraft meiner rechten Hand. Mit der linken griff ich nach dem Verschluß der Klappe. Ich erreichte ihn. Ich riß ihn herum.

Die Klappe schwang auf.

Meine Uhr zeigte 10.49 Uhr.

Ich entdeckte die Bombe. Sie war in ein schwarzes Plastiktuch eingewickelt und mit dünnen Kupferdrähten an die Hauptlötpumpe gebunden.

Ich stöhnte verzweifelt auf. In meiner rechten Jackentasche befand sich mein Messer. Um ranzukommen, mußte ich die rechte Hand freihaben. Mit links ließ sich das kaum machen. Ich suchte nach einem Halt. Ein Rohr der Ölpumpe bot ihn mir.

Ich griff zu. Ich umklammerte das Titanrohr.

Ich ließ die Rechte los.

Ein Ruck ging durch meinen Körper. Die Finger der Linken lösten sich. Ich bot alle meine Kraft auf, um den Sturz aufzuhalten. Es gelang mir.

Ich hatte höchstens noch 40 Sekunden, um das Sprengstoffpaket aus der Halterung zu schneiden!

Ich griff in die Tasche. Das Messer sprang in meine Hand. Ich zog die Hand heraus. Mit den Zähnen ließ ich die Klinge herausschnellen.

Noch 30 Sekunden, schätzte ich voller Sorge, der Bombenbastler könnte sich geirrt haben.

Ich setzte die Klinge an die Drähte.

Die ersten sprangen auseinander.

Ich schnitt voller Verzweiflung, während die Kraft meines Haltearmes zu erlahmen drohte. Meine Muskeln zuckten. Die Sehnen schienen zu reißen. Ich biß die Zähne aufeinander. Draht um Draht fiel herab.

Noch 20 Sekunden, wenn wir Glück hatten. Jeden Augenblick konnte die Höllenpackung in die Luft fliegen und uns alle umbringen.

Trotz der Kälte schwitzte ich.

Ich hörte einen Schrei und blickte kurz nach oben. Ich sah den Kopf Juanas, die furchtbare Angst, die in ihren Augen glühte. Ich biß mir auf die Lippen und säbelte weiter.

Noch vier Schlingen.

Und noch höchstens zehn Sekunden.

Mit aller Kraft riß ich die Klinge durch die Kabel. Sie gaben nach. Das Paket veränderte seine Lage. Ich nahm das Messer zwischen die Zähne, griff nach dem Paket und riß es heraus.

Es wog ungefähr drei Kilo. Genügend Sprengstoff, um ein mittelgroßes Haus in die Luft zu jagen. Explodierte die Packung unter dieser Maschine, würde nichts mehr übrigbleiben. Weder vom Material noch von uns Menschen.

Ich schleuderte das Höllenpaket mit einer heftigen Armbewegung nach hinten.

Keine Sekunde zu spät.

Unter mir gellte ein jäher Blitz auf. Äste flogen durch die Luft. Die Druckwelle erreichte den Helicopter und warf ihn nach oben. Ich wurde hin und her geschleudert, ließ meinen rechten Arm vorschnellen und bekam den Kufensteg zu fassen.

Der Hubschrauber jagte nach oben, während ich die Beine anzog, um mich auch mit ihnen anzuklammern.

Ich hörte Rufe. Aber ich war fix und fertig. Ich blieb einfach hängen, bis ich wieder zu Kräften gekommen war. Dann kletterte ich nach oben und ließ mich auf den Sitz fallen.

Der Pilot hob die rechte Hand. Über dem aufgestellten Daumen blinzelte er mir zu. Ich wußte, daß das für ihn die höchste Anerkennung war, die er zu vergeben hatte.

»Alles okay, Mr. Cotton?«

»Alles okay«, gab ich dem Piloten zurück. Ich konnte plötzlich wieder lachen.

Ich richtete mich auf und blickte nach hinten. Dalgado war immer noch ein zitterndes Bündel. Er stammelte seinen Dank. »Sie haben mich gerettet, Mr. Cotton«, sagte er entnervt. »Ich schwöre Ihnen, daß ich nichts verschweigen werde. Nichts.«

»Gut«, sagte ich. »Dann fangen wir mal gleich an. Wer und was steht hinter den Verbrechen?«

Delgado begann zu sprechen. Was er sagte, jagte mir Frost durch die Adern. Aber es machte mich auch sicher, daß wir nun in der Lage waren, einen der größten Schläge gegen das organisierte Verbrechen zu führen.

IX

Raúl Delgado packte nicht nur aus, er flehte mich auf dem Flughafen von San Pedro Sula an, ihn mit nach New York zu nehmen. »Wenn ich hier den Behörden übergeben werde, werde ich das nicht überleben«, behauptete er. »Diese Leute haben die Macht. Sie finden immer einen Weg, um einen Mann auch im Gefängnis zu töten. Bitte, Cotton, nehmen Sie mich mit nach New York!«

Ich nahm ihn mit. Als gewöhnlichen Passagier eines gewöhnlichen Flugs. Zusammen mit Juana trafen wir kurz nach fünf Uhr nachmittags ein. Um 5.50 Uhr gab ich Mr. High meinen Bericht.

Er endete mit den Worten: »Für übermorgen sind die Präsidentenwahlen auf der Insel angesetzt. Nach wie vor hat das Verchwörersyndikat unter der Führung Rock Bernards eine Chance, seinen Mann wählen zu lassen. Geschieht das, wäre es einer Verbrecherorganisation zum erstenmal gelungen, einen ganzen Staat zu kassieren. Ich glaube, daß wir trotz der nicht 100prozentigen Beweislage zuschlagen und Rock Bernard verhaften sollten.«

John D. High nickte kaum merklich. Dennoch wandte er ein: »Ich fürchte, die Aussage Delgados wird von den Syndikatsanwälten in Fetzen gerissen. Sie werden behaupten, der Mann sei gekauft oder dergleichen. Tatsächlich ist es ja so, daß wir zwar ein Geständnis, aber keine hieb- und stichhaltigen Beweise haben.«

Leider war es genau so, wie Mr. High es darstellte. Außer Delgado schwiegen sich die anderen verhafteten Gangster aus. Was Juana Lopez zur Aufklärung des Falles beitragen konnte, war wenig genug und betraf auch nur den winzigen Ausschnitt des Komplotts gegen sie.

Gegen die Bosse im Hintergrund fehlten die Unterlagen. Delgado hatte nur wenige Namen nennen können. Hauptsächlich die von Gangstern, die in dem Spiel eine untergeordnete Rolle spielten. Nur zweimal war er persönlich mit Rock Bernard zusammengetroffen. Leider gab es keine Dokumente oder Aufzeichnungen, die diese Treffen oder die Verschwörung bewiesen.

Ich starrte vor mich hin. Sollte der Kampf gegen das Verschwörersyndikat letztlich doch in einer Sackgasse enden? Hatten Phil, Joe Brandenburg und wir alle uns vergebens bemüht, Licht ins Dunkel zu bringen? Noch wichtiger: Würde in knapp 40 Stunden auf der Insel ein Presidente gewählt werden, der ein Werkzeug der Mafia war?

Ich wehrte mich gegen diesen niederdrückenden Gedanken. »Die Aussage Delgados reicht auf jeden Fall, um gegen Bernard vorzugehen, Chef«, sagte ich mit dem Versuch, ihn zu bewegen, die Erlaubnis zum Losschlagen zu geben. »Ich kann mir einfach nicht vorstellen, daß ein derart groß angelegtes Verbrechen ohne Hinterlassung von Spuren bewerkstelligt werden kann.«

»Eine vage Hoffnung, Jerry, zumal die Gangster gewarnt sein dürften.«

»Wir haben nicht nur Delgado, wir haben auch Izquierda, der als Zeuge zur Verfügung steht!«

»Wobei Izquierda nur den schmalen Ausschnitt Juana Lopez und Delgado abdeckt, nicht wahr?«

»Ja«, gab ich zu und spürte, wie meine Verzweiflung wuchs. Hatte ich mich zu früh gefreut und die Dinge in einem zu rosigen Licht gesehen, als Delgado ausgepackt hatte?

»Es wird eine Katastrophe, wenn die Gangster ihr Ziel erreichen«, sagte ich hart. »Das muß schon im Interesse der Insel verhindert werden, ganz zu schweigen davon, daß die Interessen unseres Landes in noch viel größerem Maße berührt sind.«

Mr. High legte die Hände ineinander. Die Entscheidung, die er zu treffen hatte, war schwer. Ordnete er den Schlag gegen Bernard an, lag die Verantwortung für die Folgen ganz allein bei ihm. Sicher war, daß Bernards Kreaturen – beste Juristen und einflußreiche Beziehungen in der Verwaltung – alles Erdenkliche unternehmen würden, um unsere Maßnahme zu unterlaufen. Kamen sie damit durch, waren wir nicht nur lächerlich gemacht, sondern man würde uns nicht mal mehr abnehmen, daß es überhaupt eine Verschwörung gegeben hatte!

Über die Verbrechen und die Gerüchte würde Gras wachsen. Tatsächlich aber hätte sich ein Syndikat eine unangreifbare Stellung verschafft, von der aus unser Land mit Rauschgift überschwemmt werden würde. Ein Paradies des Verbrechens bestünde dann sozusagen vor unserer Haustür, ohne daß wir eine Möglichkeit hätten, die staatlichen Autoritäten der Insel zu zwingen, dem Unwesen entgegenzusteuern. Immerhin würden sie von einem Präsidenten gelenkt, der mit dem Verbrechen gemeinsame Sache machte.

Es war zum Verzweifeln. »Haben wir denn eine andere Chance, als gegen Bernard vorzugehen?« fragte ich rauh.

Mr. High erhob sich. »Nein«, sagte er plötzlich entschlossen, »die haben wir nicht, Jerry. Und wenn es mich auch meine Stellung kosten sollte, wir werden das Syndikat ausheben. Zumindest werden wir es versuchen. Sorgen Sie dafür, daß die Vorbereitungen getroffen werden!«

Ich wußte, daß die Entscheidung unserem Chef ungeheuer viel gekostet hatte und daß er bewußt die möglicherweise auf uns zukommende Katastrophe in Kauf nahm. Um den Preis seiner persönlichen Existenz. Aber er wußte wie ich, daß die ungeheuren Anklagen gegen Bernard und seine Kreaturen zutrafen, daß es Situationen gibt, in denen man einfach handeln muß. Für das Wohl der Allgemeinheit. Eine Allgemeinheit, die im Falle eines Fehlschlags grausam und unbarmherzig Konsequenzen fordern würde. Aber daran wollte ich jetzt nicht denken.

Spontan ergriff ich die Hand Mr. Highs und drückte sie. Er sah mir in die Augen. Er nickte. Und er sagte: »Tun Sie Ihr Bestes, Jerry! Sie wissen, worauf es ankommt.«

Ich schwor mir in diesen Sekunden, genau das zu tun. An mir sollte es nicht liegen, wenn die Aktion ein Mißerfolg wurde.

Es war sieben Uhr abends, als ich das Büro Bernards betrat. Der feiste Mann, von dem wir wußten, daß er ein Imperium des Verbrechens aufgebaut hatte und führte, grinste mich an, als ich ihm den Durchsuchungsbefehl vorlegte. Er stemmte sich aus der Sesselsonderanfertigung empor, stampfte auf mich zu, drohte mir mit dem Finger und sagte: »Du hast 'ne Menge Glück gehabt, Schnüffler. Damit meine ich deine Vergangenheit, Cotton. Eins schwöre ich dir: Diesmal bist du einen Schritt zu weit gegangen. Darüber stolperst du. Du wirst niemals mehr hochkommen. Das ist ein Versprechen, Cotton!«

Meine Kollegen schwärmten aus und durchsuchten die Büroflucht. Wir sammelten stapelweise Akten und brachten sie in Sicherheit. Bernard stampfte zornsprühend hin und her und stieß immer wieder bittere Verwünschungen aus. »Was soll das eigentlich?« schrie er mich an. »Was willst du, Cotton?«

Ich musterte ihn und – schwieg.

Das brachte ihn auf. Wütend stampfte er auf mich zu. »Das ist doch lächerlich, was ihr macht, Cotton! Oder glaubst du, ich wäre, wenn deine Anschuldigung zuträfe, so hirnverbrannt und würde hier Dokumente aufbewahren?«

»Nicht hier«, bluffte ich.

Er leckte sich über die Lippen. »Du bist 'n ganz Schlauer, he?»

»Ja«, sagte ich. »So schlau, daß wir deinen Mann auf der Insel hochnehmen werden. Dein Kandidat wird noch nicht mal mehr einen Preis in der Lotterie gewinnen, Bernard, geschweige denn die Wahl.«

Er ballte die Fäuste. »Du bluffst, Cotton!«

»Selbstverständlich«, sagte ich lächelnd.

»Du willst mich aus der Reserve locken!«

»Ja«, sagte ich und dachte an die Worte Juanas, mit der ich die Möglichkeiten durchgesprochen hatte, wie Esteban Sanchez zu bewegen wäre, sich als Handlanger dieses Mafioso zu erkennen zu geben. Sie hatte mir versprochen, die Frage mit ihrem Vater telefonisch zu besprechen. Das hatte sie getan. Die Antwort mußte jeden Augenblick eintreffen.

Bernard rieb sich das Kinn. »Worauf willst du hinaus, Cotton?«

»Ich will dich einlochen, Bernard.« Er brüllte los. Er wollte mir die Rechte ins Gesicht schlagen.

Ich wich aus und winkte ab. Fast gleichzeitig wurde die Tür des Büros aufgestoßen. Joe Brandenburg und Zeery führten Juana herein.

Ich beobachtete Bernard, der plötzlich rot anlief. Ich wußte, daß er die junge Frau nur zu gut kannte.

Juana kam auf mich zu. Sie flüsterte mir einige Worte ins Ohr.

Ich atmete auf. »Das wär's dann, Bernard«, sagte ich voller Genugtuung.

»Was?« schrie er.

»Dein Ende. Esteban Sanchez hat nicht nur auf seine Kandidatur verzichtet, er hat obendrein ein Geständnis abgelegt, in dem du und deine Organisation eine mehr als wichtige Rolle spielen. Es ist aus, Bernard, verstehst du?«

Der schwergewichtige Mann rang nach Luft. Seine Augen quollen hervor. Er wankte auf den Schreibtisch zu. »Nein!« schrie er, »das schaffst du nicht, Cotton!«

Er öffnete eine Lade.

Ich jagte los.

In seiner Hand lag plötzlich ein Revolver. Meine Bauchmuskeln zogen sich zusammen, weil ich sicher war, daß er mich erschießen wollte. Joe, Zeery und ich griffen zugleich nach unseren Waffen. Wir bekamen sie aus den Halftern. Aber es war zu spät.

Der Schuß dröhnte auf.

Bernard hatte plötzlich ein häßliches Loch in der Schläfe. Aus riesengroßen Augen starrte er mich an.

Ich ging auf ihn zu. Die Waffe fiel aus seiner Hand. Bernard sank zur Seite und stürzte auf den Teppich. Als ich nach seinem Puls fühlte, wußte ich, daß der Mann tot war.

Er hatte seine Niederlage nicht verwinden können.

Juana war neben mir. Sie griff nach meiner Hand. Ich steckte den 38er zurück. Dann ging ich mit ihr hinaus.

Phil lachte mir entgegen. Unter seinen Augen lagen tiefe Schatten. Er sah müde und alt aus, ein Mann, der schwer angeschlagen war, aber nur noch Tage brauchte, um wieder der alte zu sein. Ich merkte das, weil in seinem Blick ein mehr als reges Interesse lag, als er Juana betrachtete, die mit mir ins Krankenzimmer gekommen war.

»Es tut mir leid, daß ich nicht früher kommen konnte«, sagte ich. »Wir hatten zu tun.«

Phil deutete auf den Fernseher, der am Fußende des Bettes aufgestellt war. »Ich habe es in den Spätnachrichten gehört. Gratuliere, Jerry! Das war ein Volltreffer.«

»Ja«, sagte ich. »Bisher sind 64 Gangster verhaftet worden. Das gefundene Material reicht aus, um weitere Dutzende zu verhaften.«

Ich zog die an der mißtrauischen Nachtschwester vorbeigeschmuggelte Whiskyflasche aus der Tasche und öffnete sie. »Ich weiß, daß du darfst«, sagte ich. »Wenigstens hat Doc Sanders nichts dagegen.«

Er grinste mich an. Ich reichte ihm die Flasche. Er nahm einen kleinen Schluck. Wieder fiel sein Blick auf Juana.

Ich klärte ihn auf.

»Gratuliere«, sagte Phil wieder.

Juana schmiegte sich an mich. Sie lächelte. Ich spürte den Druck ihrer Finger. »Ich weiß, daß ich mein Leben auch Ihnen zu verdanken habe, Phil«, sagte sie mitfühlend. »Ich danke Ihnen.«

»Oh, keine Ursache«, winkte Phil ab. »Das gehört zum Job.« Er war verlegen.

»Ja, das sagte Jerry auch schon«, behauptete Juana. »Aber ich habe mir sagen lassen, daß auch G-men hin und wieder Urlaub machen. Ihr Chef ist sogar bereit, ihn Ihnen sofort zu geben. Für mich eine Gelegenheit, Sie auf unsere Insel einzuladen. Dort sind morgen zwar Wahlen, aber . . .« Sie sah mich an. Ihr Blick sprach Bände.

Ich wandte mich Phil zu und nickte.

Mein Freund schloß ein Auge. »Angenommen«,

sagte er rauh. »Aber wer überzeugt den Doc von meiner Reisefähigkeit?«

»Ich«, sagten Juana und ich wie aus einem Munde.

Phil lachte. »Dann«, sagte er, »wird er nicht nein sagen können. Wann geht der Flug?«

»In zwei Tagen«, sagte ich. »Bis dahin sind wir mit dem Fall am Ende.«

»Ich hoffe nur, deine Vorhersage trifft ein.«

Zwei Tage später wußte Phil, daß es so war. Er saß zwischen Juana und mir in einer Boeing der Eastern Airlines und fühlte sich, wie er behauptete, trotz der noch immer schmerzenden Wunden sauwohl.

Ich übrigens auch.

ENDE

Demnächst erscheint das Cotton-Taschenbuch 31282

Mörder-Quiz mit Cora

Und so beginnt das neue spannende Abenteuer des G-man Jerry Cotton:

Sie waren zu zweit, als sie sie brachten: ein Schwarzer und ein Weißer. Und sie kamen wie Diebe in der Nacht.

Mit dem hellen Mercury Zephir fuhren sie so weit, wie die Grasnarbe reichte. Sie fuhren sehr langsam, denn sie hatten nur das Standlicht eingeschaltet. Durch die geöffneten Fenster hörten sie schon von weitem das ewige Brausen des Atlantiks, der seine Wellen in unendlicher Folge an den Strand schickte und dort gischtgekrönt auslaufen ließ.

Ein paar Meter vor dem Beginn des Sandstrands hielten sie an und stiegen aus. Der Weiße war ein wenig größer als der Dunkelhäutige. Viel mehr war in der Finsternis der mondlosen Nacht nicht zu erkennen.

Sie klappten den Kofferraumdeckel hoch und holten sie heraus. Sie war an Händen und Füßen gefesselt, und man hatte ihr ein breites Pflaster über den Mund geklebt. Aber sie lebte und war bei vollem Bewußtsein.

Der Schwarze griff ihr in die Achselhöhlen, und der Weiße nahm sie bei den Füßen. Sie trugen sie langsam auf das Meer zu, darauf bedacht, in der Dunkelheit nicht zu straucheln auf dem unebenen Boden.

»Wie weit?« fragte der Schwarze unterwegs.

»Bis uns das Wasser an die Knie reicht«, entschied der Weiße. »Das wird genügen.«

Das Mädchen mußte alles hören. Aber sie befand sich offenbar in einem Zustand jener Apathie, die einen selbst den Tod willenlos erwarten läßt. Es war, als

155

hätte die Natur selbst den Kampf aufgegeben und dem Mädchen jeden Lebenswillen genommen, um ihm die letzte, grausige Furcht zu ersparen.

Die Männer schleppten die Wehrlose hinaus in das Meer. Als der Atlantik ihre Füße umspülte, spürten sie, wie kalt das Wasser war. Einen Augenblick verhielten sie.

Dann sagte der Weiße: »Ach was! Nur noch ein Stück, das reicht auch.«

Sie stapften noch ein wenig weiter hinaus, bis das Wasser nur eine Handbreit über ihren Schuhen stand.

»Halt sie fest!« sagte der Weiße, während er selbst die gefesselten Füße losließ.

Er beugte sich vor und riß dem Mädchen das Pflaster vom Mund fort. Ein gieriger Atemzug wurde hörbar.

»So, du kleine Nutte«, sagte der Weiße und schob die rechte Hand in die Hosentasche. »Mit jedem hast du's getrieben, bloß für mich warst du zu fein. Dafür möchte ich mich bei dir bedanken.– auf meine Art.«

In seiner Hand klickte etwas metallen. Er holte aus und stieß mit dem Schnappmesser zu.

Ein dünner, spitzer Schrei schrillte in die Nacht.

Die beiden Männer starrten in das Wasser, bis das Mädchen kein Lebenszeichen mehr von sich gab.

Lesen Sie weiter im Cotton-Taschenbuch 31282

Mörder-Quiz mit Cora

Jerry Cotton

Atemberaubend, packend, aktuell. Die erfolgreichste Kriminalserie der Welt. Großartige Fälle von höchster Brisanz.

Band 31 282
Mörder-Quiz mit Cora

Originalausgabe

»Glücksland für Sie und Ihn!« So hieß die neue große Attraktion in New York. Ein Vergnügungszentrum riesigen Ausmaßes – mit riesigen Einnahmen . . .
Doch hinter der glänzenden Fassade von »Glücksland« verbargen sich tausendfacher Betrug, brutale Erpressung und die furchtbaren Untaten bezahlter Mörder.
Ich, der G-man, wurde in den atemberaubenden Strudel hineingezogen, als ich die schöne, aber zwielichtige Cora kennenlernte. Und von diesem Augenblick an bewegte ich mich am Abgrund des Todes – beim Mörder-Quiz mit Cora . . .

JERRY COTTON
Neuauflage

Band 32 049
Kein Pardon für
einen Killer

Crumps Geschäft war Mord. Er übernahm die Aufträge
so gleichmütig, als wären es Einladungen zu einer
Party. Und er wurde reich dabei.
Nur einmal stellte ihm der Tod ein Bein. Das war an dem
Tag, als seine Pistole Ladehemmung hatte.
Da brach die Hölle los. Denn Crumps Auftraggeber
erließ die Parole: Kein Pardon für diesen Killer!

BASTEI-LÜBBE-THRILLER

Eine Taschenbuchreihe mit anspruchsvollen Romanen ausländischer Krimi-Autoren. Spannung, die unter die Haut geht. Action mit Niveau.

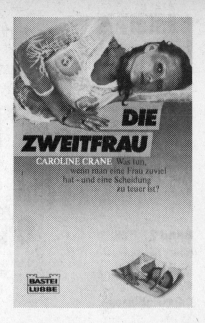

Band 19 039
Caroline Crane

Die Zweitfrau
Deutsche Erstveröffentlichung

Eine Frau erwacht im Krankenhaus. Sie hat keine Ahnung, wer sie ist und wie sie dorthin kam. Nur eines weiß sie mit Sicherheit: Sie hat Todesangst.
Denn der Alptraum ist noch nicht vorüber. Nicht solange der Mann mit der Maske sich in ihr Zimmer schleichen und töten kann.
Fürs erste hat sie ihn in die Flucht geschlagen. Aber er wird wiederkommen . . .

Bastei-Lübbe Kriminal-Roman

In dieser Reihe erscheinen ausgesuchte Romane deutschsprachiger Krimiautoren. Spannung und Action mit Niveau.

Band 37 026

Uwe Erichsen

Das Leben einer Katze

Originalausgabe

Es ist früher Morgen. Jutta hat mit Probek die Nacht verbracht. Die letzte Nacht vor dem großen Coup. Als Jutta das Hotel verläßt, um nach Hause zu fahren, fällt ihr Blick auf das Haus gegenüber: die Bankfiliale, deren Leiter ihr Mann ist. Probek wird die Bank an diesem Morgen überfallen. Jutta selbst ist in seinem Plan die Schlüsselfigur. Vielleicht hat sich Probek nur deshalb an sie herangemacht, ihr Liebe und Leidenschaft vorgegaukelt! Wieder ist das Mißtrauen da, der Wunsch, frei zu sein. Nicht nur von ihrem Mann, auch von Probek. Natürlich wird sie heute mitspielen. Probeks Plan ist bombensicher – aber auch ihr eigener Plan kann sich sehen lassen . . .